每個人心中都有一座島嶼，
藉文字呼息而靜謐，
Island，我們心靈的岸。

喃喃

扎西拉姆·多多

目錄

第一章 妄語

妄語．前言

剎那生滅

自幼便是個孤單的孩子，我習慣一個人想像自己的虛妄世界。

少年時開始多思慮，滿心滿懷的念頭與言語，擠得肚腸都痠痛了，只好寫下來，變成酸辭句。

又到青年離家求學去，便總算因了這千山萬水，可以將千言萬語都寄予書信，

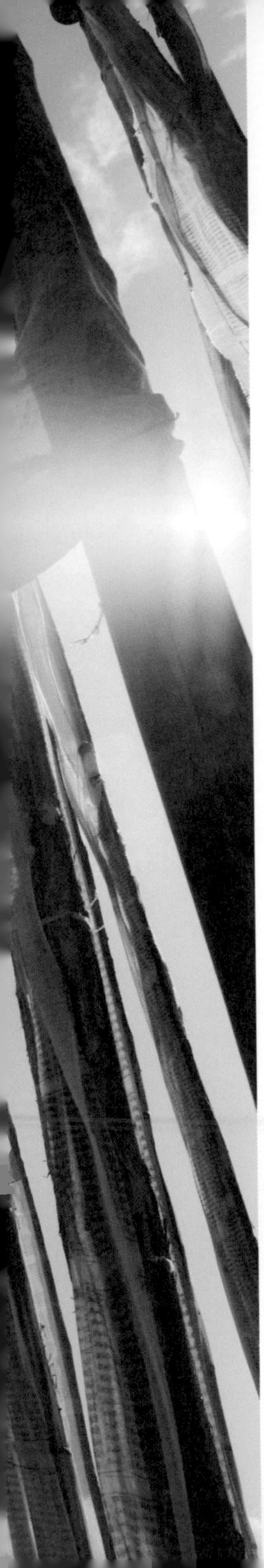

借了問候友人的名分，自個兒滔滔不絕，也不管不顧別人是否有心聽聞，是否有絲毫興趣。

直到網路互聯，部落格興起，便一擲紙筆，十指開始於鍵盤上翻飛不已。字裡行間既是傾訴，又是紀實，但總歸還是一個人的自言自語。

不料，一朝「推特」成風。本來念頭旋生旋滅，如夢幻泡影，如露亦如電，非要拓成文句，已是戲論，已是蠱惑；現如今，更憑了「推特」之推廣，宣之化之，引之導之，到底多少人，會因此將那些念頭，認假作真？怕我自己，便是第一人。

然而，網路之上，「溝通」之假象，的確吸引，明明是我自顧自說話，明明是你自顧自作答，竟即時虛擬出一幅惺惺相惜、吾道不孤的圖景。

「推特」與「臉書」的火熱，會不會恰恰證明了，每個人都是孤單的孩子，需要信息的餵養，需要自我的證明，需要心靈的同盟？

然而，我一定是所有孤單的孩子中最孤單的，我從未欣喜於一時的認同，我更反感一切立場的朋黨。如果非要說我是一名文字工作者，那麼我一定是文字工作者裡面，最不相信文字的——我自言自語二十年，沒有一句話、一個字能究竟指出，真實心性。

所以我偷偷寫下了這些詞句，一如囈語，暫態而短小，靈光一閃，無依無憑，狡黠地躲過了反對，也拒絕了認同。即便最後它們還是變成了鉛字出現在你的面前，我已無須知道你的反應——它與我交會的那個剎那已經過去，它與你交會的這個剎那，我無從過問。這些都不過是剎那生滅的，妄語。

那些說過的話，那些唱過的歌，那些冷暖自知的沉默

1

語言和文字真的是不可執取的東西。當一句話說出來或者寫下來，它就不是你的了，你必須允許它任由別人去解讀，以及誤讀。所以我最想說的話，其實在我開口前的那一剎那已經說完。

2

我首先希望，能找到自己的活法。於是一切的陳述與表達，所有的創造和創

作，都來自本真的生命——都是我如此活著的結果或者痕跡。如果不能，我希望起碼，能夠努力活成，我自己說的那個樣子。這是我對真實的最低要求。

3

人們先是透過倉央嘉措的詩歌，來想像倉央嘉措，然後又透過想像中的倉央嘉措，來讀他的詩。人們無法完全理解倉央嘉措，同時又錯失了他真正的詩。這是所有詩者的無奈。因為人們以為詩乃是其作者製造的，必然就是作者的反映、是作者的一部分甚至全部。萬一詩歌，只是詩者無意中拾到的遺珠呢？萬一詩歌，只是詩者偶爾聽來的天外之聲？萬一詩歌，只是詩者將自己委地成塵之後，與大地一同去接載的漫天花雨之一瓣呢？萬一詩歌，根本就是天地所作，僅僅是由最無知而又謙卑的詩者代筆而書呢？企圖透過詩歌去重構詩者形象這件事，使你錯失了在詩歌中讀取你自己的機會。文字無自性，如鏡，映心。

4

靜下來，才知道，平日裡的忙，才是真正的懶。靜下來才知道，一直以來對自己的內心是如何的疏忽與冷漠——懶得觀照內心的深刻希求與恐懼，懶得追問自心的疑惑與困頓，懶得呵護心地的柔軟與甦醒。長久以來任其，任其隨了外境去奔波馳求，任其在客塵裡流浪易遷，這般的不聞不問，不思不量，竟也忍心！

5

於「求不得也」中覓一個「不求亦可」的放達，於「行不得也」中應一句「不行亦可」的豁然；能「亦」便是調柔，能「亦」便是闊綽。捨得些眼下小自由，終會是心頭大自在。

6

常有些辭句，會忽而冒出來，有韻有折的，似心底住著個古時的歌姬，又

像是胸中疊了幅散失的殘卷。於是將其寫下，成文時亦多任性，無格無律，無依無憑。若是有詩詞曲令的內行人見了，定會貽笑大方。然而，語出胸臆，恰如日出雲霓，無心卻理所當然。內行人的笑話，又怎麼能沖淡那個外行人，獨自的歡喜。

7

寮房院外，薄紙簡張貼了一副對聯：「心如朗月連天淨，性似寒潭徹底清。」每日經過倒也視作尋常，只是今夜忽而發覺，聯中所描摹之性狀，實在難得。吾等心懷，懷忿懷嗔而難釋，彼之性情，輕慢輕浮而難降，此之為多，且由來已久。

8

風寒露重薄衣衫，烹茶煮豆邀僧家。換盞之間語攀談，何事捨俗入伽藍。感世道之荒唐？恐世途之倉皇？笑世人之張狂？悲世事之虛妄？尋世外之良方？療世上之滄桑？松下數度問衲子，子不語。

9

人間四月未成雙，苦菜秀，靡草死，小暑至櫺窗。人間五月未成雙，溫風至，蟋居闢，鷹習羽欲翔。人間六月未成雙，涼風至，白露降，寒蟬鳴空廊。人間七月未成雙，鴻雁來，玄鳥歸，群鳥養羞藏。人間八月未成雙，不覺奴心已成霜，素眉蹙，淚凝睫，不見葉綠與花黃。

10

正月時，便託人送信，邀寄身江湖舊友，三月落英時分，南山的溪水初盈，明前的雨茶新炒，石上煮茶去罷。三月初八如期入山，等到初十友未見，策杖歸。五

月柴門半夜響，反穿衣裳推窗，見友憨笑道無恙，裹粽懷中送家常。這是我想像中的詩意人生，這輩子怕過不上了。

11

誰潑墨這樣濃，遮了雲天隔了陳夢，沁入沉淵濕透新容，誰？誰相思這樣重，凍了詞章冷了句頌，滴盡愁思流失芳蹤，誰？

12

秋雲飛，秋水長，日光灑遍仍覺涼，好在心頭情未盡，綿綿絮絮做衣裳。

13

莫道相逢恨晚。早了，我也還不是現在的我。見面就好。

14

寒椏脆，雀兒飛，雲巢雖似錦，茫茫不可棲；銜丸泥，築小寄，若無依止處，安得向凌虛。

15

明月出山巔，半為雲遮，半被霧染。我勸月明莫籠煙，好獻吾師一夜圓。圓月知心如有性，驟然散霧，踴躍推雲，上密靜院交輝一片。好月兒，高擎中天，照徹人間，明耀三千，恰如吾師慧朗，又似君心清涼。尋思讚嘆，再回身時月又掩。剩得餘韻一縷，疏星幾許，流螢點點，怕是只因君已眠，默！

那些走過的路，那些見過的人，那些苦過又療癒的傷

16

我們真的如自己以為的那般瞭解自己嗎？我們又是否對那份瞭解有足夠的確定？當我們努力向他人證明自己的時候，會不會其實是證明給自己看的？當我們為了他人的評價而奮力辯駁的時候，會不會是說給自己聽的？內觀則自知，自知則自明，自明則不爭訟，安之若素，如如不動。

17

如果可以接受自己也不那麼完美，就不用忙著去粉飾了；如果可以承認自己並不那麼偉大，就不用急著去證明了；如果可以去放棄自己的種種成見，就不用吵著去反駁了；如果可以不在乎別人怎麼看自己，就不用哭著去申訴了；如果可以慢半拍，靜半刻，低半頭，就可以一直微笑了。

18

有的人，你一直以為他是狗尾巴草，隨緣隨性，簡單而快樂。突然發覺，他其實是一株墨色的含羞草，心一旦感到被侵犯，一縮，便冷峻了起來，越是伸手去撫慰，越是緊緊的不願打開。但其實我們都只不過是風中的蒲公英啊，一期一會，誰也來不及傷害誰，何必抵擋。

19

一定要找機會到一個陌生的地方去，體驗陌生的語言，陌生的文化，陌生的

環境。在那裡你才會開始明白：彼此不理解，不認同，不相同，並不可怕；你甚至會開始瞭解，因為不同，所以豐盛。等你回到自己所熟悉的地方，也許你就能生出一些寬心，一些恕心，不動搖自己的決定，也不擾亂他人的決心。

20

一定要找機會去一個完全沒有人認識你、在乎你、要求你的地方。沒有人認識你，是你開始認識你自己的最佳時候；沒有人在乎你，是你開始照看自己的最好機會；沒有人要求你，你才擁有空間審視自己的真實需求。

21

不要害怕行走，即使我們哪都不去，也從來沒有足夠的證據證明，我們不會在下一刻死去。我們從一出生開始，就在一剎那一剎那中死亡，而我們把那個稱之為「生活」。事實上，我們一生只出發了一次，其餘的時光，一直在路上。

22

獨處需要智慧，也增長智慧；獨行需要勇氣，也增長勇氣；陪伴那些無法獨處亦不敢獨行的人，需要慈悲，也增長慈悲。

23

在山谷裡獨自散步良久，深感：在博大面

前，我們不得不寬和；在空闊面前，我們不得不放下；在澄澈面前，我們不得不清透——唯有做那如同大化的人，才不枉山河大地的用心。你也上路吧！

24

出世覓道心，入世擔道義。放下是灑脫，提起是勇猛。

25

年輕的時候，一定要試試挑戰自己身心的極限的遠足。因為

經歷過之後，你就會深刻的相信：一切的痛苦終於都是會過去的，而且當一切過去，就會發現所謂的痛苦，是那麼的微不足道。

26

行走不是逃避自己的方式，更不是躲避世界的好辦法。行走反而讓你不得不看清楚自己，反而讓你不得不跟世界好好相處。當他們都只是這個世界的遊客時，你願意做，這個世間的行者嗎？

27

如果我們真的足夠愛自己，也許就會懂得放過別人。我們心裡很多的苦，往往都是因為有個「別人」做對境，有個可憎，可貪，可妒，可嫌，可怨的「別人」藏在心裡，死死不放。就像是用枷鎖挾持了他人來做自己的心的獄卒，何以自虐至此！真的不願意自己受苦的話，放下那人，便釋放了自己。

28

眼睛裡有沙子，要馬上吹掉；喉嚨裡有魚刺，要馬上吐掉；肚子裡有細菌，要馬上排掉。心裡有煩惱，為什麼遲遲不肯放掉？白白讓自己受苦。

29

當我說：「你占據了我的心。」那實際是在說：「我滿心想著要占據你。」沒有什麼可以前來占據我們的心，心只會被它自己的所思、所想、所執，所占據。因為缺少這種覺知，心總是一副無辜的樣子。

30

憤怒首先傷害的是憤怒的人自己，仇恨首先報復的是仇恨的人本身。怒與恨帶來的不是力量，其實只是帶來了存在感，而只有虛弱的人才需要存在感。

31

所有的傷害裡面都有我自己的責任，這是一定的。因為從最根本上來說，如果不是有一個我如此愛執的「自我」，就不會有可以被傷害到的「自己」。

32

對於深深傷害你的人，最大的報復就是遺忘。將他釋出你的心懷，將他流放到你不再觸及的記憶裡，拒絕讓他參與你的未來生命。對於恨你的人，最大的報復就是好好愛自己，他不願給予你的善意，你要雙倍奉還給自己。

33

很多傷害，我們可以用最大的善意，將之理解成「無心」。他們並不是存心設計要去傷害誰的，他們只是太過保護自己，就像是曾經受傷的小獸。為了減少彼此之間這種基於妄想的不安全感與攻擊性，我們即便受了傷，也要勇敢地表達自己的善意。

34

我悲憫你，不是因為你的弱小，而是因為你的剛強。剛強如你，我的孩子，你將如何在這嶙峋的世間，不受傷？

35

有的人，不是不想原諒，而是沒有能力原諒；不是不想安忍，而是沒有能力安忍；不是不想放下，而是沒有能力放下；不是不想愛，而是沒有能力愛。所以對於缺乏正面能量的人，不應嫌憎、不應怨恨，如果無法幫助他們改變，起碼應該悲憫並祝福他們。

36

不要以為人人都有「他心通」，如果不張開你的嘴巴真誠地去溝通，不懂就是不懂。

37

不要以為自己有了「他心通」，以為自己誰都懂，與其粗暴地臆測與評價他人行為背後的動機，不如努力相信，世界表面上的單純。

38

我所說出的，大部分現在都還做不到；但是我知道，如果不如此提醒自己，總有一天，我會忘卻我曾經嚮往的目標。

39

總有些人要強調「不憚以最大的惡來揣測

他人」，也許這是一個防備受到他人之欺騙與傷害的方法，然而在他人前來傷害之前，我們其實已經用這種心念傷害了自己——以妄心投射出來的惡，未必會出現在他人身上，卻一定會植入自己的心識之田。

40

有時候，我們不能只為自己犯的錯誤抱歉，也要為別人犯的錯誤抱歉。如果有人誤會你，微笑著解釋並對他說：很抱歉我成為了你產生煩惱的對境。因為我們不必非要爭一時長短，卻很有必要爭取機會長養一份柔軟心地。

41

如果想要尋求自我成長與自我完善，就要珍惜我們的「敵人」——只有他們，隨時隨地，都能最尖銳、最苛刻地，將我們身上存在的問題，無限放大。若非如此，我們怕很難發現自己身上細微的過患。如此想來，生命中其實也並無

「敵人」可言了。

42

每次跟朋友說：「放一放，鬆一鬆，軟一軟，日子會好過一點。」都會得到一個回答：「談何容易。」是啊，我知道的，可一直不放手、一直不輕鬆、一直不柔軟，也挺不容易的。親愛的，在這個世間我們不能只挑容易的去做，要挑正確的去做。

43

你現在看到的世界，是世界呈現

在你心靈裡面的影像。它不是世界本來的模樣，是被你的認知方式過濾後的映射。所以，原諒這個世界吧，開始學習和世界好好地相處，正如我們應該與自己的心和解，和它好好地相處。

44

因果有二，一是外在因果，即由言行導致的客觀結果；二是內在因果，即由言行逐步造就的生命品質。努力行善、付出的人們，請不要抱怨命運沒有給你足夠的回饋，而忽視了內在生命已然呈現的莊嚴。

45

現在開始不較真，不糾結，不擰巴，願自己開心；從今往後不悲傷，不畏懼，不放棄，給別人快樂。

那些擦身而過的愛，那些狹路相逢的恨，那些被遺忘的緣分

你愛的不是我，你愛的是：你對我的想像，所以我實在無法奉陪；你恨的不

是我，你恨的是：你對我的投射，所以我的確愛莫能助。

47

年輕的女子，總盼望能遇見個溫雅的男子，想像著兩人雨夜裡對談，他能頻頻為她添香。年輕的男子，總希望身後有個良善的女子，期許著暮光中輕寒漸重，她能悄悄為他添茶。歲月廝磨到最後，執手的，卻總是那大咧咧為她添衣的男人，是那罵咧咧為他添飯的女人。時間並不殘忍，只是美與真之間，若只能二選一的話，它總是留下真。

48

善女子呵，你愛的那個人，他要珍惜你，並不是要把你當成稀世珍寶地去珍惜，只需要把你視為他生命裡的一塊與眾不同的石頭便可。他從不企圖把你變成玉，他珍惜你現在的模樣——不是最好，但是唯一。前提是，你也不必要求他一定是塊玉才行。

49

善女子呵，你愛的那個人，他要尊重你，並不是要對你唯命是從地尊重，只需要記住你有你的獨立人格與思想便可。他從來不企圖把你變成他或者他的一部分，他尊重你的所有決定——包括愚蠢的決定。前提是，你要真的有你的獨立人格才行。

50

善女子呵，你愛的那個人，他要捨得在你身上花時間，並不是要二十四小時隨侍在側，只需要時常花點時間瞭解你，再花點時間想念你便可。兩個各自生活了二、三十年的陌生人，突然進入對方的生活，除非他很有冒險精神，如果他不想深入瞭解你的話，基本上他也不打算長久地和你在一起。前提是，你也要坦誠

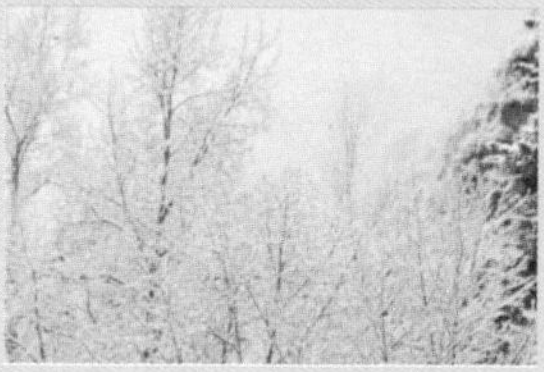

而勇敢地敞開自己才行。

51

愛是一種能力。如同其他一切身體機能，愛的能力需要去培養與練習。從愛自己開始，到練習愛親密的人，陌生的人，乃至於仇恨的人；從內心開始，到練習愛的言語，乃至於愛的身體力行。訓練其他的身體機能，也許會有肢體受傷的可能，但練習愛，不會的。

52

影子是光的妻，他們相愛卻從不改變對方，也不用改變自己。他們變換著又彼此適應著；他

們無法占有也無法分離；他們必須同時存在，否則，同時消亡。喜歡這一種，最深的依賴，喜歡這一種最自由的愛。你說呢？

53

善女子，不要因為失戀而失愛。眷戀是他給你的能量，愛卻是你給你自己的一種能力。就像我們不能因為一時缺少食物，而放棄消化和吸收的能力，不是嗎？

54

有時候我們需要很堅強，才能護持自己的柔軟心地；有時候我們需要很無情才能守候自己真正想要的愛情。不能讓他們恐嚇你、憐憫、動搖你，尊重自己內心的聲音，你不是光棍，你只是赤子。你會幸福，很幸福。

55

善女子，你在愛情中所有的疑慮、困惑、撕扯和痛，都只是因為，他不是那個對的人而已。然而啊，在你真正遇到那個對的人之前，我知道，你是不會輕易相信我的，你會認為所有的痛苦是成就偉大愛情的必要代價。但那個對的人，其實並不會要求你在愛中偉大，他只是要你，幸福。善女子，放下那個錯的自己，去找那個對的人。

56

善女子，我明白你的苦，不是因為他不再愛你，而是因為你還愛著他。然而啊，那些我們還愛著的黃花不也落了嗎，那些我們愛著的白裙也不見了，就連我們

i.f
i.f

愛著的長歌短笛都會漸漸遠去……愛不是挽留的理由，愛是允許他來，允許他走。

57

你為了曾經付出的十年而放不下他，我可以理解；可你也要為了未來的幾十年，而放過自己啊，我的姊妹。

58

親愛的姑娘，最好的伴侶，不是那個已經足夠完美的人。而是那個，為了他，你願意去超越自己之不完美的人——或者因為他的接納而開始自我接納，或者因為他的深愛而開始努力成為值得被愛的人。你知道你並不是在討好對方，你只是真心並放心地，在他的陪伴下去做最好的自己。

59

我的愛太深太重，所以我不能愛你。我只能愛包括你在內的一切萬有，你介意麼？

那些發過的誓，那些許過的願，那些求過的世世生生

60

我們總是過於自信地認為：自己是真的獨立的，不需要相互依存就能擁有自

由意志。要知道沒有任何思想是你原創的，你的全部狀態是整個人類社會加上整個時間進程共同作用的結果，而這個結果又是極度不穩定的，你隨時會被社會的大手一把推進下一個未知，與此同時，你自己也不可分割、不可推卸地推動著社會的倫常變化。

61

有所堅持的人，才會尊重他人的堅持，就算談不上尊重，起碼也能夠理解他人的固執。並不是說大家應該各執己見，像兩堵石牆一般對立著，而只是應該有所瞭解：自內而外的改變才是真正的改變，他人強加的改造，會帶來一定的傷害甚至更大的反彈。

62

但願我能時時提醒自己：我看到的，比我理解到的多；我看不到的，比我看到的多。所有簡單粗暴的批判，只不過是我對我自心之投射的批判罷了。

63

但願我能時時察覺：當我覺得他人不好，很多時候僅僅是因為，他人和我不同。不要把自己當成標準答案，試圖去測驗這個世界的生動。

64

其實啊，只有那些跟你很有緣的眾生，才會念念不捨地傷害你，跟那些愛你的人一樣。如果不是有著深厚的因緣，他無法在你的生命裡留下痕跡。

65

如果我們的相遇不能令世間更溫暖，那麼起碼，我們不要對彼此冷漠了吧。

就算一生只能令一個人歡喜，都要全力以赴，全心傾注。眾生無量願我無量壽，

國土無量願我無量光。

66
如果一些人的苦難，為世界增加了深度和分量，那就應該有另外一些人站出來，撫平這個世界，讓世界重新輕鬆起來。如果我們不能成為這兩種人之一，起碼應該感恩這兩種人的存在。

67
朋友們之所以能夠對你直言不諱，是因為對你的為人有瞭解，對你的心量有信心，可不要辜負了他們的信任。

68
不是因為我們聰明而機靈，恰恰是因為我們愚蠢而傲慢，才會從一個片面看到事物的全部。瞭知並承認我們所看到的一切，都是自己有限的心的投射，才是智慧的開始，也是慈悲的方式。願我對自己的無知足夠坦誠。

69

因為瞭解到世界的廣大與多元，並覺知到自我的局限與狹隘，所以允許自己不懂得他人，也允許他人不懂得自己；所以不試圖凌駕他人的意志，也不輕易置身於他人定立的評價體系——這大概就是最自由的孤獨，最溫柔的叛逆。

70

世上少有雙全法，內心真正嚮往的那些，需要以同樣執著的另外一些東西去換取。所以瞭知自己的心之所向，尤為重要，唯有真正的瞭知，才能在取捨時，不懼不悔。我願意，以孤獨換取自由，以淡泊換取幸福。

71

如果你不為了迎合他人而改變自己，如果你也不為了滿足自己而改變他人，你是孤獨的，但你將因此而自由。你將在你身邊營造出一個求同存異、和而不同的小世界，寧靜而淡泊。這個小世界將給予你及與你交往的人們，一個足夠大的空間。

72

有時候會很自豪地覺得，我唯一的優勢就是，比你卑微。於是自由。

73

我堅持表達，同時，我也堅持傾聽。我堅持我的觀點與立場，同時，我也堅持不去改變你的觀點與立場。改變應該來自我們的交互與融通，而不是來自強制

與壓迫。

74

能夠將佛法準確而透徹，深入而明晰地說給人聽，固然是好。如果做不到，就把佛法的精神，活出來給人看。說法人家不愛聽，自己乾著急；活法人家要是不希罕看，自己起碼也活對了。

75

如果真的瞭解成就這個世界的諸多因緣，就不會以「成之在我」的傲慢標榜自己的人生，而是會以「天之厚我」

的恭敬感激一切生命——懷著五分仁厚、五分俠義。這時候，謙卑的身影裡也會透露著高貴。

76

如果真的瞭解成就這個世界的諸多因緣，就無法以置身事外的姿態去批判這個世界，而只能以責之在我的誠意去反思這個世界——懷著五分愧疚、五分擔當。這個時候，忿怒的面目下也會泛著慈悲的光芒。

77

無論你懷著多大的善意，仍然會遭遇惡意；無論你抱有多深的真誠，仍然會遭到懷疑；無論你呈獻多少柔軟，仍然要面對刻薄；無論你多麼安靜地只做你自己，仍然會有人按他們的期待要求你；無論你多麼勇敢地敞開自己，仍然有人寧願你虛飾出一個他喜歡看到的你。但一定要記住，你的人生是你的，不是任何人的。

78

應該由你來告訴別人，你是誰；而不是別人告訴你，你是誰。但缺乏自我認同的人，過分依賴他人的認同；缺乏自我覺知的人，也只好任由他人評判。

79

那些特別懂得自娛的人，其實都是孤獨卻又不願輕易打破孤獨的孩子。所以他們學會了獨自一個人的快樂方式，而那種快樂，恰是最不容易失去的。

80

時常覺得，如今的世界因為人們膨脹的自我而變得異常擁擠；又因為我們各自的堅持與固執而處處都充滿了尖銳物，一觸即傷、一碰就痛。而我又哪裡有改變世界的雄心和改造他人的能耐啊，我只能細小一點、再細小一點，給世界讓出一點微不足道的空間。雖然是軟弱而無奈的做法，但起碼不曾傷害誰，也愛護了自己。

81

我決定不再試圖說服誰。當我言語，那不是為了讓你接受，當我沉默，也不是因你而退縮。你的每個決定都由你自己的業力決定，我不會操控你的選擇，我只和你一起，背負你的業力——是的，因為你既然在我命裡顯現，你就是我的業。

82

親愛的，放棄「自我」便放棄了期待，不期待所謂的心心相應，容許別人不懂得你，也容許自己不懂得別人，容許每一雙眼睛看到的都是一個不盡相同的世界，容許每一顆心都可以造就一個獨家世界，容許三千大千世界，各各不同。於是，就沒有什麼可恐懼的了。

83

所謂嚴以律己就是：堅持你認為對的；所謂寬以待人就是：允許他不聽你的。

84

當別人都希望百煉成鋼，以戰勝這世間的種種苦和難的時候，我卻但願能修出一個繞指柔。只有調柔寂靜的「無厚」之心，方能發現這逼仄的世間亦還「有間」，方能「恢恢乎，遊刃有餘」，不是嗎？

85

當你太過剛強的時候，我只好柔軟了，只好留出一點餘地，讓彼此迴旋。否則的話，便是兩相厭惡到要扭頭就走、再會無期，也騰不出轉身的空間啊，豈不是只能相困在一起？

86

不對機（註）的指點，只能是指指點點。所以建言，最好是不求則不予，四處給人提建議的人，其實既不在乎他人的需要，也不在乎自己的意見。

87

有人刻薄地嘲諷你，你馬上尖酸地回敬他。有人毫無理由地看不起你，你馬上輕蔑地鄙視他。有人在你面前大肆炫耀，你馬上加倍證明你更厲害。有人對你蠻不講理，你馬上對他胡攪蠻纏。有人對你冷漠忽視，你馬上對他冷淡疏遠。看，你討厭的那些人，輕易地就把你變成了，你自己最討厭的那種樣子。這才是「敵人」對你最大的傷害。

88

接納真實的自己，才有可能繼而成為理想的自己。所有的自我改造與提升，都不必須與自我真實接觸，而非構建另一層自我，直接掩埋本我——那並不是新生，不過是一套新枷鎖。

89

自由不如自在。自由畢竟需要依賴外在因由，而自在，只需要當下與自己同在。快樂不如安樂，快樂多是快速消逝的欲樂，而安樂是安穩綿延的喜樂。

90

人生中出現的一切，都無法擁有，只能經歷。深知這一點的人，就會懂得：無所謂失去，而只是經過而已；亦無所謂失敗，而只是經驗而已。用一顆瀏覽的心，去看待人生，一切的得與失、隱與顯，都是風景與風情。

註：對機：佛教術語，應機、符合當時需要、恰到好處的意思。

91

於定居地作客居想，解繫縛；於客居地作棲居想，得安穩。陰雨多時終放晴，於山間散步，探視那不屬於我的一畝三分地，也欣喜。

92

生命中一定要有所熱愛。不見得我們能夠將自己熱愛的事情作為職業，但一定要有一件事，它是我們在所有其他人、事、物上付出時間與心力的充分理由；它是我們做出任何努力的發心所在；也是我們整個生命之流的導歸之處。若沒有它，我們將活得漫無目的，雞零狗碎。

93

對於那些短暫的歡愉，我雖然不會拒絕享受，但總免不了心懷憂傷。也許是因為始終相信，還有一些更為永恆的東西，值得去尋求吧。而當行走在尋求永恆的路上，又難以避免地要遭受更多的痛苦，但總還是心懷希望。大概是因為始終相信，痛苦不過是和歡愉一樣，短暫的無常。

94

每一天都是無盡歲月裡無法挽留的一天，每一天都是無窮變化中無法複製的一天，每一時一分一秒、每個剎那亦是如此：一如往常的無常，一成不變地變化，一旦瞭解關於時間的真相，感慨將變得莫名其妙，祈求也難免言不由衷。安立一個時間的刻度，只為了記取：除了當下，別無其他。

95

所謂溫暖，是縱然如冰凍三尺的河流，仍努力反射著陽光；所謂慈悲，是縱然出三界如風，仍不捨眾生，頻頻顧盼。

96

遇事可以怯懦，但是不可以冷漠。怯懦可能是因為你沒有主持正義的能力，但是冷漠意味著你已經沒有了，善惡的標準。

97

如果有人因為你的一個片面，就認定了你的全部，你不必去竭力向他證明你自己——輕易就把你認定的人，其實對你的其他面向根本就不好奇。

98

常有人需要建議，說一句讓自己顯得很聰明的話容易，卻不容易說出真正對別人有利益的話，不如先聆聽；常有人提意見，回一句顯得別人很愚蠢的話容易，卻不容易道出真正讓自己能警醒的話，不如先沉默。

99

我們失去的其實遠比我們以為的要少——之所以老覺得失去，是因為我們總是習慣於將「沒得到」當成是「已失去」。大多數時候，我們只是失去了一個妄想出來的可能性罷了。

100

願無法獨善其身的我們，能夠自淨其意，努力成為時代洪流中的一股小小清流。要相信，無論你願不願意，我們都是同一池渾水，但也要相信，我若清澈一點，你便同樣清澈一點。

101

我知道，我看得見，聽得到，每一天，就在我的身邊，充滿了苦難與不公，充滿了壓迫與扭曲。小小小小的我現在能做的只是，保持清醒、堅持正直、努力善良。願人心喜樂、國土平安。

102

說到命運、天賦、緣分的時候，人們願意相信有前世的生命；說到天堂、極樂、淨土的時候，人們願意相信有死後的生命；說到種因、果報、業力的時候，人們就什麼都不信了。其實它們是同一回事：一切都是無盡的生命歷程中你給你自己的。所以我們需要學會真正的，對自己負責。

103

除夕之際，回望而省思之際。身可有更自律？語可有更調柔？意可有更寂靜？苦境現前可會更不植苦因？心許樂願可會勤修樂因？與自己相處可否不敷衍？與外界相處可否不計較？走向圓滿覺醒的步伐可曾延遲、退轉？

104

如果一覺醒來發現，過客成為過去，路人回到路上，請不要驚慌、不要憂傷，只需要說一聲：早安啊無常！

105

如果我無法告訴你什麼是對的，願我起碼能說出我曾經如何錯過。如果你不願意信任那些真正偉大的覺者，希望你起碼願意聽聽我卑微的悔意。

106

世人犯糊塗，或者犯錯，往往是因為寂寞。而世間、出世間的成就，都大多是因為耐得住寂寞。寫作是件寂寞的事，你再努力的表達，人們都只能看見他們想看到的東西，批判與讚嘆都與你無關。寫作也是一件溫暖的事，你是你自己永遠的聆聽者，永遠的相知相惜。

107

活著活著，十年、二十年甚至三十年，活出了一個生命的跨度，才開始對人生有了一種隔岸觀火的靈慧，開始懂得對未來的自己虛懷，對曾經的自己悅納。歲月無欺。

108

我說出了這些，或者那些，並不是為了讓別人理解，也不是為了讓他人接受。僅僅是能夠知道，這個世界上有著各種各樣不同的想法，就已經能讓我們獲得一份珍貴的謙遜了。當然，這不過又是我的一個，不一定要被別人理解或者接受的想法而已。

第二章 遊吟

游吟・前言

且歌且行

寫作於我，並非創作。

常常覺得，我並不能製造任何文字，即便真的努力去嘗試，最後得到的，也並無驚喜。但凡是觸動我的文字，都是在它出現之前，我對其毫無預料的，我只是無知又謙卑地，等待被它穿過。

而我的心又是如此的鈍感無力，有時候明明知道有一股宏大之流已經到達，但能夠清晰感知又書寫下來的，只有其中的一個瞥見，所以常常留下的，僅是些短小的詩句。若用盡力氣，要將湧然而去的那一股思潮記錄下來，充其量也只是對它的回憶與描摹再加上許多想像罷了，不真實也不真誠。

可即使曾數度與明靈擦肩而過，也從來不會覺得可惜或者嘆惋，因為我知道，偉大之流會一再地找到，那些始終保持無知與謙卑的孩子。

生命於我，也像是一次毫無預料的書寫。

雖然常常會去計畫我的人生，但是真正精采部分，都不是我所計畫的。只是在每次轉折的時刻，努力保持著一點小好奇與一份小勇氣，好隨順生命之流將我帶到下一個出口而已。而且你永遠不知道生命的計畫，到底分了多少步，任何一種境況，看似結局的，也許都只是個過渡，生命輕輕拐一個彎，又走向了更遠處。我總是願意相信，每一次的經歷，都是在為一個更為宏大的目的而累積力量。

至於那更為宏大的到底是什麼？我不急於瞭解，凡是我能想到的，都不夠宏大，它一定在我的意想之外，乃超我之物。

書寫的人生，是一場無邊的遊吟，向著一場無知的渺茫，乾坤獨步，邊走邊唱。

人生的書寫，是一個人的詩史，剝皮為紙、折骨為筆、刺血為墨，且歌且行。

尋何而去

即將西行，來者問我：「你希望從這一次行走中得到什麼，達到什麼目的？」我想了好久，說：「沒有。」

來者似乎對我的答案不太滿意，繼續引導：「用這麼長的時間走這麼遠的路，總是希望收穫些什麼的吧？」我說：「嗯，這個……走出去了，就知道會獲得什麼了，坐在這裡想是想不到的。」

來者沮喪地換了一個話題：「那為了這次行走，你要放棄些什麼？」

我說：「一無所有的人談什麼放棄呢？」

來者頹然，我開始暗想：奇怪，為什麼每個人都在關心得與失的問題？他們在做任何選擇的時候是不是都想得透徹才決定的呢？不思考這個問題，是不是對這次行走太不重視了？於是我開始想像玄奘當年的心情。

貞觀三年，那一年玄奘和我此時同歲，據說因感各派學說紛歧，難得定論，便決心至天竺學習佛教。那時候的玄奘已經是：「遊學於洛陽、長安、成都及江南各地，求教於名僧，執經問。」很快就在佛學界嶄露頭角，聲名鵲起，有「佛門千里駒」之譽。去國西行，他要放棄的，至少比今天的我多。問一聲古德呵，你去，你捨什麼而去？你行，你求什麼而行？許久、許久，有一個聲音穿越歷史的重門，自那高處沉沉俯向我：

那一年長安的月光清冽，夜涼如水，可清涼不了群生的惱熱啊，清涼不了。

那一隅有佛陀的話語自書頁上剝落，那是凝固的論典，不是真理啊，不是。

真理應是那明明靈靈的生命，生命應是那行行進進中的凜然。

於是我走了，捨浮名，求真經。

但是我的走中有不捨，不捨在生死中流浪的有情，固執不捨。而我的求中有不執，不執文字幻相，凡所有相皆是虛妄，若見諸相非相，則見如來。

我合掌，送別那渺然天音。如果再有人來問我希望從這一次行走中得到什麼，我想我終於可以回答：我想得到生命本身要給予我的答案。如果有人來問我為了這次行走需要放棄什麼，我會說：放棄我的懦弱吧，勇猛精進！

啟程

啟程不為離鄉，
行走便是家園；
真經豈是文字，
生命方是真經。

我們出發，不是因為所要找尋的不在這裡，在在處處無不有佛，無形之處，赫然有道；我們出發，不是因為淨土只在遠方，當心蓮盛放，淨土就在目前；我們出發，不是試圖逆溯時光，時間其實虛妄，只有一個真實的剎那，叫做當下。其實行走不需要理由，生命只能以流動的形態呈現，生機必須在無常變幻中開顯。於是我們闊步走去，沿著真理一徑不滅的走向。

兩千五百多年以前的一個晚上，有人在夜霧中看到那個悄悄離開王宮的身影，那樣的年輕、健美、尊貴，那是已經決心離家的悉達多太子。但沒有人看見他眼裡的憂傷，更無人知曉他內心的迷惘——到底建築多高的城牆才能抵擋死劫生關，擁有多豐盛的財富才能敵得過流變無常？如果身為太子，統攝之王，都必須經歷生、老、病、死，與那貧窮的首陀羅並無二樣，那麼答案定然不在這華麗之宮堡內，也不在這國王之寶冠上。悉達多啟程了，也許啟程時，他並不清楚該向何方去，他只是相信在某一個地方，會有他的答案，他只是相信生命應該有更多的可能性，而不僅是百萬生、無量劫以來的重複流轉。

悉達多是勇敢的，他的勇敢不是因為敢於違抗父命，捨棄王位。他要違抗的，是輪迴的宿命。出離從來不是逃避，從浮名與幻財中出離，需要極大的勇氣，需要有承認這一切都不恆久的勇氣；出離也從來不是拋棄——若不執實何妨得，如能知空哪怕失！出離只是坦然地擁有，同時能得失無懼；出離就是出發，向著究竟真理步步接近，向著真實心性步步接近。

我出發了，我的腳步將漸行漸遠，我的心，將回到真實家園。

不見黃鶴樓

今晨五時半不到，被喚醒，六時已經離開衡陽，直奔武漢而去。中午十二時，到達漢陽，總算結束了從沒到過湖北省的歷史。

白日裡又是一番名寺參拜，一番忙碌拍攝，可我心裡只想著黃鶴樓。

「昔人已乘黃鶴去，此地空餘黃鶴樓，黃鶴一去不復返，白雲千載空悠悠。晴川歷歷漢陽樹，芳草萋萋鸚鵡洲。日暮鄉關何處是，煙波江上使人愁。」

也不知道是崔顥成就了黃鶴樓的聲名，還是黃鶴樓激發了崔顥的才情，或者根本是，造物本無意，人間自多情。今天，恐怕已經沒有哪一座現代建築物可以讓人觸動這般情愫了吧，人們只能夠對舊物懷古，祭奠那些遠去的人文憂傷。

如今的城市也許缺少的就是這種微酸的憂傷，而只剩下焦躁和鬱悶。憂傷是需要醞釀的，而城市太匆忙，連一場雨都來得太突然，不再會為什麼去醞釀。憂傷是需要距離的，而城市太擁擠，想得到的，就要馬上得到，思念沒有市場。憂傷是需要一顆懂得狂喜的心去領會的，而人們從來沒有狂熱地愛過這個世界，所以，世界也不會令他們癲狂。

因此黃鶴樓顯得彌足珍貴了，一如崔顥當日的情懷，我尋此遺情而去。在武漢長江大橋上遠眺，據說江那邊就是黃鶴樓，據說八點鐘樓上就會亮起燈火。可從橋的這頭走到了那頭，不見高樓矗立，更不見燈火輝煌。橋下人聲倒是鼎沸，橋上車流也如織，城市不因黃鶴歸去而寂寞。聽說黃鶴樓因為正在修整，並不開放，所以在橋上無從得見。坐車經過近前，依稀可見華麗飛檐，可也只是短短一瞬，就擦肩而過了。

崔顥若知，怕是亦要嘆息，因沒有我來與他一道憑弔，煙波江上的那股離愁。

如何是祖師西來意

記得宗薩欽哲仁波切曾經說過：「如果你們真的瞭解，當初達摩祖師從印度帶到中土的佛法有多麼的珍貴，你們就會同意，即使將整個大地鋪滿黃金以做供養，都不足以報答祖師的恩德。」當我站在少林寺內的立雪亭前，靜靜聽著當年達摩祖師如何一葦渡江，又如何為斷臂求法的神光安心的故事，一種力量緩緩向我襲來——是悲心殷重的力量。如何是祖師西來意？那是禪師要參的話頭，禪師問而不答，我自己的答案已經在心內悄然相應：佛性無東西，祖師未作意，一葦能渡江，悲心為舟楫。

慈悲似乎總是出現在佛教語境裡，但它絕不是佛教徒的專利，更不是佛教徒用來自我吹噓的工具。但「慈悲」的確在佛法裡以各種形式體現著，這也許是佛法在世間流布兩千五百多年，仍能鮮活不衰的原因之一——因為慈悲與人心相應、與天道不違。

我所領悟的「慈悲」，其內涵應是「瞭知」多於「仁慈」。「仁慈」取決於立場，而「瞭知」直指實相。「慈悲」是智慧而不是情緒，是對實相瞭達之後的大悲周遍——瞭知生命經歷的不圓滿，自然生出要提升生命的願望，知苦以後開始抉擇，此「抉擇心」就是慈悲心的另一層面。當悲心成長，足夠深廣博大之後，推及他人，能感他人之苦樂，此謂之「平等」，「平等」亦是慈悲心的另一層面，此後，一切出於慈悲心的抉擇都是利樂有情的因。故說，祖師西來何需作意，行住坐臥皆是法施。

可捫心自問，還遠未具足慈悲心，唯有在達摩祖師閉關洞前合十祈請，加持劣根小徒能生起真實無偽之大悲心，不造作、不退轉。

小王淀村老張頭

老張頭是在我們決定，實在找不到投宿的人家，就只能在村子裡找塊合適的空地搭帳篷過夜的時候出現的，及時得像是那場伏中的暴雨。老張頭似乎不會笑，而且大概是因為腦血栓後遺症，他的頭總是不自主地輕微地搖晃著，看上去就像是一直在嘆息；一副用了有些年頭的老花鏡，被他用一根細繩子在腦後勒著，才不至於從鼻子上滑下來。老張頭衣服的頭四顆釦子永遠敞著，乾瘦黝黑的胸脯微頷，透著謙遜甚至謙卑。

你甚至不能說老張頭是熱情的，但的確好客。我們正在村子裡找地方投宿，老張頭剛好路過，別人順手一指說這位老張家有餘房，老張頭也不細問，就說：「是有。」我們問，大爺能帶我們去瞧瞧嗎？他回答：「成。」看過了房間，我們認為可以擠得下四個男同伴，就對老人說：「謝謝您，大爺，我們打算讓四個男的住在這，我們現在還要去別的人家給兩個女同伴找地方住。」老張頭走到對面屋一撩門簾說：「這還有一間，女娃可以住這。」就這樣，剛好路過的老張頭，成了我們西行路上第一個投靠的人。

當我們六人將碩大的行李包搬到屋裡，老張頭靜靜的看著我們各自擺放、收拾，卻並不上前打聽我們是什麼人、從哪裡來、到哪裡去，只是一直輕輕地搖晃著他的頭，在院子裡等我們整頓停當。後來我們介紹到，我們是打算重走唐僧西行路的六個人，從西安出發，要走到印度去，今天路過小王淀村留宿一晚，明天再接著趕路。老張頭連聲說：「不容易，不容易。」這個時候我才看到了老張頭的笑，當周圍好奇的鄰居不時探進頭來，老張頭就小聲地對他們說：「他們是西天取經去的，不簡單得很。」

老張頭的老伴已經不在，他有一個兒子，卻是「寄居」在兒子的家裡。當他的兒子和兒媳回到家中，老張頭緊張起來，趕忙將兒子拉到一邊，想必是向兒子解釋為什麼家裡收留了這麼一群陌生的來客。看到兒子並沒有反對，老張頭放下心來，搬了張板凳坐到院子門口輕晃著頭，不時回答著好奇的鄉親們的詢問。

沒想到的是，當我們第二天和老張頭告別，提出要給老人家留下點錢作為酬謝。老張頭第一次激動起來，忙說：「咳！不能要你們的錢，不用的，不用的。」一說著竟從自己的口袋裡掏出了五十塊錢，告訴我們：「我這是住在兒子、兒媳家，這是他們家，你們幫幫忙，把這五十塊錢給我兒媳。」

我們一下子反倒不知如何是好，可老張頭一再地堅持，接近是哀求了，我們只好答應他，把錢交給他的兒媳婦。老張頭的兒媳也是百般拒絕，說什麼也不肯要這五十塊錢，最後我們硬是把錢塞到了她的口袋裡，才算作罷。出門的時候，老張頭感激地說：「謝謝你們了啊，這下子我就不欠他們什麼了。」

我從未和農民深入地接觸過，和老張頭也不算，但他讓我感到觸動。老張頭是樂助的，他的樂助甚至已經深植於內，不需要任何理論支持，也不需要誰來感恩，而成為了本能。他在家中沒有很高的地位，卻堅持做自己認為正確的事情，他的堅持幾乎隱沒在卑微的身姿裡，但心中那桿秤不會失卻，默默去做便是。反觀自己，卻有著太多的信條，太多的理想主義，但「信受」不代表可以「奉行」，也許唯有當我們將內心所相信的那些小美好變成生命的本能，才能活進大乾坤裡。

再見了，好人！不為那一晚的借宿，只為你一生奉行的良善，將終生影響我的良心。

天河注水，徑歸何處

在來到天水之前，我從來沒有聽說過它的名字，更不消說它的顯赫背景——伏羲之「故里」。如果不是當年玄奘大師經此去西域，我也不會因重走西行路而來到這個城市。對我來說，直到我在天水出現之前，天水就像根本不存在。

幸而這是個網路時代，缺失了幾千年的歷史，只需要半個小時，就能Google出個大概：「天水早期名稱叫上邽，上邽是由春秋時邽縣演變而來的。」

「『天水』是當地歷史上使用時間最長的地名。最早始於漢武帝元鼎三年

（前一一四年）。天水得名，源於『天河注水』的美麗傳說。」

「天水別稱秦州。秦州之名最早始於魏文帝元年（二二〇年）。」

「天水是『秦』的發祥地，自三國以來，在天水以『秦』字命名的地方很多，如秦安、秦嶺、秦州等。」

「天水還有一古稱，叫『成紀』。成紀之名，始於西漢，但宋代以前只是在秦安縣境內，宋時才改移天水。成紀得名與傳說中的伏羲氏有關。稱天水為『龍城』，因它是『人首龍身』的人類始祖伏羲出世之地，是龍的故鄉。《漢書・地理志》也載，天水郡有成紀縣，故天水素有『羲皇故里』之稱。」

「天水是古老傳說中伏羲氏創立八卦之地；『漢之飛將軍』李廣生於成紀，諸葛亮北伐六出祁山，張騫使西域出於隴右，唐玄奘經此去印度諸國，杜甫避難秦州，均與天水有關而載於史冊。」

這一座城市因為神族而聖化，因為知名的過客而留名。然而當我試圖在史料之外，在城市的巷陌之間，在市井間的生生息息裡找尋天水的人文特質與城市性格時，卻發現，四下茫茫尋不得也。當然，我可以安慰自己說，是因為停留的時間太短，因為目光所及太膚淺。

但分明可見的是，城市改造的「粗暴」痕跡，我指的不是「豆腐渣工程」，而是太整齊、太標準、太劃一的形象改造工程。以至於當我站在市中心，只需一秒鐘就告訴自己說這是任何一座中國的中型城市，然後深信不疑。這樣的城市改造難道不是粗暴的嗎——粗暴地背叛自己的獨特性，去取悅不知誰人的審美價值。我甚至認為，如果深圳這樣做也就罷了，畢竟深圳沒有歷史；如果上海這樣做也就罷了，畢竟取悅了大部分人對國際化大都會的想像；但天水大可不必。

天水不必很精緻，因為自伏羲開始的七千年傳奇已經是大寫意；天水不必很奢華，因為最繁華不過文化之交融、跌宕，與財富其實無關；天水不必很溫和，朝代更迭英雄百戰，英雄的子孫有足夠的理由忠義豪壯、性情剛烈。

城市有時候像一位老母，城市的子民天生帶著這個城市的基因密碼，因城市的文化養分而存在。而城市的子民突然一日嫌了母醜，不容分說將城市掘地三尺改造成陌生「大美人」，美是美了，但若沒有了本土、本源文化的子宮，恐怕最後城市的子民就都會如同「克隆(註)」，如果子民們統統不介意「千城一面」，那麼到時候也別驚訝，在各個城市裡居住的人們，變得越來越雷同，越來越平庸。

註：克隆：英文clone的音譯，在台灣一般意譯為複製或轉殖，是利用生物技術由無性生殖產生與原個體有完全相同基因組之後代的過程。

關於時間的迷信

這些日子以來，幾乎都在和「歷史」打交道，每天隨著西行隊伍尋訪各種古蹟或者非物質文化遺產。從北魏時期的石窟造像到皮影戲，從西夏碑文到清末的涼州寶卷，一下子豐富得有點大腦消化不良。當然，在種種古蹟之中，有時候也會攙雜著「新跡」，年代不夠久遠甚至根本是當代的作品，每每這個時候，同行中就會有人搖著頭說：「沒什麼價值。」

難道只有時間，才能為一切器物賦予價值？難道匠人的匠心，藝人的技藝在時間洗練之前，都只能如同草履？而在我看來，一切物品就其本身而言，都沒有什麼值得讚嘆的——情器世界中的一切都不過是無常流變中的短暫聚合罷了，保得了三千年，保證不了在第三千零一年不會壞滅——而這些古物之所以讓人由衷讚嘆，其實是因為對人的敬仰：對創意者，對製造者，對發掘者，對收集者，對保存者；也是因為對其所傾注心力的欽佩：虔敬之心，竭誠之心，鑽研之心，不倦之心，護惜之心。

當一件漢代的青銅器擺放在面前，我們是在試圖透過它的神韻，捕捉兩千年前那一位無名工匠內心的創作衝動，透過它體悟另一顆心靈對美的激賞。「時間」對這一件青銅器而言，是一雙雙摩挲其上的手，是一雙雙鑑賞不已的眼睛，再加上，令其逐漸耗損的日月水火，沒有幾千年的人來人往，鄙夷或者讚嘆，「時間」則不過是大虛妄一場。

而對於一件現代流水線上生產的工藝品，如果能夠體會作者的心思，工人的付出，如果真的有對人的敬重，又怎麼會輕易認定其毫無價值呢？勞動者眉心的汗從來都不輕，若對人們當下的鮮活付出不去讚賞，而對一件遠古的死物頂禮膜拜，那只是對時間的迷信，其實與藝術鑑賞無關。

是心勾召了山河大地，是心抉擇了美醜惡善，也許只有真正地去善護人心、感恩人心、敬畏人心，才能真正的欣賞世界，也許真正的做到了以「人」為本，才不至於玩「物」喪志。

命如逝水

你也許會以為這是遠古時代的斷壁殘垣，但它的確僅在十幾年前，還是生生息息的村莊，雞鳴犬吠。嬰兒曾在這裡新生，少年曾在這裡做夢，漢子日日在隴頭唱著〈花兒〉吧，姑娘夜夜在窗下繡錦摺花。是一場浩劫從天而降嗎？讓一切生命跡象都遁入了地底？天地不答，只留一片悵然空寂，任憑我嘶聲追問，都只報以西風，颯颯如泣。

行走沙間，我用力想像生命是如何一晝夜一晝夜地從這裡流失的，那些曾

經因為水而豐盈的生命，終於因為水的枯竭而殆盡。十幾年的時間，對於人的一生也許很漫長，也許人們早就忘記了是從哪一天開始，這片土地出現了敗象。但對於天地造化，十幾年只是一剎那，如果造化有情，它會不會痛苦地質問人間，憑什麼在一剎那之間毀滅了它的蔥綠和繁華？

行走沙間，我既恨又憐：因為無知也罷，因為蔑視大自然的因果也罷，畢竟人們已經被迫離開了家園，離開了百年以來都稱之為「故鄉」的地方，也離開了原本以為，百年之後可以安然入葬的土壤。對於中國人，尤其是中國的農民，遠離故土，永遠作別故鄉的那一口水井，是一種撕裂、一種放逐，是黃沙漫漫也席捲不走的絕望、衰草揚揚也掩蓋不了的憂傷。有一口水就有一絲生機，然而要有多浩淼的水啊，才能讓乾涸的心靈重新滋長希望，讓惱熱眾生感得清涼？

「如今，我才明白，什麼叫做水。水的名字叫做生命，水的名字叫做恩賜，水的名字叫做菩薩。」這是玄奘在水囊掉落沙漠時候的感嘆，這會不會也是，背井離鄉的宋河村人最後的領悟，最無聲的吶喊？

夢的拓片

親愛的麗卿：

我的窗外，現在是一片溫潤的草原，海拔三千兩百公尺。不遠處還有一個牛圈，是用黑色的石塊壘成的，昨夜一場雨，讓石塊越發黑得油亮了，可牛兒們並不在圈裡，都到了山那頭吃早飯去了。抬頭，遠山之後更有遠山。如果天涯是那紅塵滾滾的現實，這裡，便是塵外不相關的夢境了。

為什麼一早起來，在冷風中給你寫信？因為這一個遺世獨立的牧場，讓我想起了孩童時的最高理想；想起那時候的自己，就會想起你。從小到大，我們有過許多的夢想，大部分，如今已遺忘，其他的，不敢再去奢望。當我們只剩下欲望，卻絕口不提夢想的時候，我們一起老了。

我不知道是怎樣的因緣際會，或是怎樣的一種幸運，自己竟會突然出現在這樣一個牧場，一場久遠以來的夢，竟突然出現在現實裡。山谷中起起伏伏溫柔的曲線，彷彿一不小心就要悠揚成長歌，向著天際旋繞開去；牧草乍濃乍淡的馨香，似乎要隨山腳的路，再蜿蜒一程，要從這一個初秋滲透到來年的盛夏裡；牛羊覓食的身影忽隱忽現，就像牧羊人的歌聲，引得人仰目長盼。不知道這所有甜蜜意象和那一股微酸感動，能不能納入我的行囊，攜著它奔赴前程，提醒自己生命中還有一些不應該被遺忘的單純夢想，只要善護持自己的柔軟心地，也許在某個時刻，某個地方，它就會不期而至，踏步而來。

麗卿，這不是我寄給你的信啊，是我們同做過的一個夢，在肅南康樂草原被我覓得了，我急急將其拓下，遙遙與你分享。

祝福你平安、喜樂、吉祥！

莫名谷

城府再深
深不過谷
不如乾脆坦懷吧
所有計較與需索都拋向遠山
日落之前讓隱祕的憂傷湮沒
裸行在離人間最近的牧場

我曾經的傷痕在綠草盈盈間
已不那麼的明顯
我的歌
也無人聽見
但我仍要赤裸我的脊梁
等待牧羊人的皮鞭
就好像在黑夜等待
幸福的閃電

嘉峪關狂思

不見車轔轔
未聞馬蕭蕭
尤感鐵衣曾歷寒光照
雄關鎮守離人恨
莫使怨笛逼雲霄

金樽空
劍歸鞘
萬仞城頭猖狂笑
昨日狹路相逢隴上敵
而今黃土塚裡相和陽關調
早知胡漢白骨一樣枯
誰肯去國他城百戰死
不若醒時張狂
醉後逍遙

時空有隔，心意無間

從古瓜州（今安西縣）到伊吾（今哈密）這一段，是玄奘當年西行求法途中唯一一段獨自前行的路。胡人嚮導石盤陀因為害怕朝廷的追究，終於還是離玄奘而去，州吏李昌就是再欽佩玄奘的精神與毅力，也只能指給他北去的路向。這一路的生關死劫，人人傳說，而玄奘的心意浩蕩呢，大師輕描淡寫而過了，人們便無從揣測。這一路沒有誰來見證玄奘的五味雜陳，唯一見證過的長風，儘管從千古到萬古地竭力捲漫，卻始終無人能解讀其中的炎涼濃淡。

我試圖拋開所有語焉不詳或者言之鑿鑿的史料，試圖在這一片蒼蒼莽莽的真實大地上，尋找玄奘的步履，解構那個歷史現場。我知道關於這一段歷史不會有正解，人們將無從贊同也無從反駁，事實上，根本和人們無關，我的重構和想像，僅僅是玄奘與我在一千三百年後的一次祕密相逢，心意無間……

離開鎖陽城，西出玉門關，便不再是大唐的江山，朝廷追捕的文牒再無法緊緊相逼了，從此，相逼的恐怕只剩下鄉愁——左腳剛剛離鄉，右腳已經懷鄉。讓我再回望一眼那早已尋不得也的長安吧，那一輪清月，家家戶戶，我還能再照見嗎？如果不能再見故鄉的明月，明月呵，請將照向生死流浪的群生，帶著我的悲憫和祈請，清涼瀉下，在在處處；如果不能求得生命的真經，魂靈呵，願將回到娑婆世界，繼續我的探尋和叩問，堅心行願，世世生生。

我豈是不怕死，我怕。但我更害怕無知，害怕生命的失明，靈魂的失語。事實上，我已經在萬年黑暗中生生死死許多回。我曾經依賴那種幽暗，因為漆黑讓我忘卻真相，真相是——諸法無我，諸行無常，涅槃寂靜。但又如何能夠輕易承認「無我」呢，「我」是整個世界的基礎，是歡喜和恐懼的理由，是黑與白、是與非的證據，如果無「我」，將如何與世界爭辯？如果沒有爭辯，世界將如何繼續存在？還是忘卻吧，不要再追問，甚至不要起疑心……我就是那般地眷戀那個幽暗國度，在黑暗裡「我」才是安全的。直到有一個人，他在菩提樹下睜開雙眼，向整個法界宣布：一切眾生皆具如來智慧德相，皆因妄想執著而不能證得！他說，一切眾生終究會在萬年黑暗中醒覺！他到底看見了什麼，證得了什麼？恨晚生了一千年，不能親到佛前合掌恭敬而問！幸晚生了一千年，能替末法眾生疾聲鏗鏘而問！如果真的如佛陀所說，在我的身上本具覺悟之種，這種粒終於要萌芽了，這一次，我要狠狠地懷疑，我們一直信賴的所謂「世界」，會不會僅僅是一場大夢而已？我們一直堅執的「自我」，是不是究竟存在、真實不虛？

但此刻唯一的真實是，風在抽打我，一條河，真真實實地橫在我的面前，是葫蘆河。玉門關烽台上的燈火在遠處明明滅滅，我當趁著夜色渡河。葫蘆河的最窄口，只有一丈餘寬，若砍下胡楊，鋪草墊沙，應能安然渡過。但眾生的輪迴大海呢，誰可以獨自強渡？若能夠折骨為筏，張皮為帆，保眾生的一程平安，我便此身不足為惜，願奮然為其舟楫。但玄奘我雖有利人之願、其志如虹，然，縱以佛陀的遍世之智，仍不能將沉淪眾生一手救拔，唯眾生自身甘願依法而為、依道而行，方可自我救贖，我若自視為救世主，豈不猖狂？還願此去天竺能求得大乘正法，願六道眾生在輪迴生死中，有法可循，涅槃妙心。

白墩子，據說在墩下有泉水可汲，這裡離開玉門關已有八十餘里，況且再往西去，不知何處再有確切的水源了，我應在白墩子附近的蘆葦蕩後等待日落。但願今夜月色晦暗，助我避過守卒士兵的目光，南無觀世音菩薩摩訶薩！

死亡離我，只有不到三寸。是守城士兵射來的箭，我被發現了！「我是大唐來的僧人，我為生存而汲水，我為求法而生存，請悲憫我的焦渴難忍，請相信我的願心天地可證。」

你問我利箭擦身而過的時候，有沒有恐懼？那是當然！書上總說「無常」，而當「無常」擦身而過，赫然顯現，此心方信一切有為法如夢幻泡影，如露亦如電。那恐懼便是三寶的加持了，因了這恐懼，生起剎那真實無偽的出離心，藉了這出離心，種下了無上菩提的因。我應感激那射箭的人，不是因為他讓我活著，而是因為他提醒了我，隨時都會死去。

作別了校尉王祥，帶上他贈與的清水乾糧與草料，我要逆著從西北疾走而來的凜風，走向塔克拉瑪干沙漠。此沙漠滿布流沙，流沙隨風聚散，人走其間，四顧茫茫，不知所向。乏水草，多熱風；風起，人畜昏迷，常有喪亡。我卻偏偏，不慎將水囊掉落，飲水滲入沙中。已經四天沒有滴水入喉了，我為我的不慎後悔，為我將渴死大漠不甘，也許我該回轉馬頭，回到白墩子去，也許，回到長安去……

我的確不是神，我有著生命最原始的渴求，那就是活著，觀自在菩薩，請讓我活下來。

觀自在菩薩
行深般若波羅蜜多時
照見五蘊皆空
度一切苦厄
舍利子
色不異空
空不異色
色即是空
空即是色
受想行識
亦復如是
舍利子
是諸法空相

不生不滅
不垢不淨
不增不減
是故空中無色
無受想行識
無眼耳鼻舌身意
無色聲香味觸法
無眼界
乃至無意識界
無無明
亦無無明盡
乃至無老死
亦無老死盡

無苦集滅道
無智亦無得……

當擁抱著死亡，命若遊絲隨風、隨沙、隨著晝與夜流淌消逝，所有思維都已經歸於空寂。我就像是那遠古的初民，一雙空空的手，一顆無所用情的心，生命歸於純白，世界回歸太古情懷。煩惱早於生命而止息，呵，請為我颳一場風慶賀！

當一陣清涼的風將我從昏迷中吹醒，我知道，今後的生命已經是額外的贈與了，我將用全部的熱愛償還。背負青天，孤影單身，我唱：「關山隔，西風阻，求悟本是寂寞路，萬仞峰前幾封步，畢竟不肯逐流去，一意孤行！」沙煙漫漫，傲然而立，我笑：「羌笛嘯，明月出，遍覺三千無一物，黃沙磧裡除畏怖，策杖堅征獨行遠，無人問津！」

玄奘繼續遠遠地行去了，無需誰來過問，腳步卻至今未曾止息，我遙遙默讀腳印裡的梵音，一步一心。

大腳丫和小世界

兩天兩夜，我們穿越了人生中第一個真正的戈壁灘。九個人六匹駱駝，我卻決定不去騎，一定要用雙腳把這段路程走完，沒想到真的走下來了。其實在途中，也沒有去想過走得下來還是

走不下來的問題，一如既往地，我不會和誰較勁，只是小心翼翼地試探著自己的極限。

入了秋的戈壁，不算熱，但極遠處仍然清晰可見由於熱空氣折射而形成的「湖面」，使每一座戈壁中的沙山，看上去都像是神湖中的仙山，據說古時候很多人，就是死於那永遠無法企及的美麗。我不會有那樣的風險，因為從一開始，我就只看腳下低頭走路。不是因為深諳「不思過去、不思未來、活在當下」的道理，只是覺得，後面的路已經與我無關，而前面的路又無力感知。我也許是被上一輩批判的典型：懶得紀念過去又不關心未來，能夠看清楚眼前的那一步就夠自己慶幸外加沾沾自喜的主兒，要是肯再往前看三步，都簡直能夠把自己感動一番的了。這個世界上，也許只有正在陌生的大城市裡獨自打拚的阿瓜，能夠理解我在茫茫戈壁上暴走時的心情。

當走累了，停下來，抬起頭，竟然發現整個世界迅速地在我面前後退，一開始我以為是因為墨鏡的關係，趕緊摘掉墨鏡，世界還在後退。「嘿，我有這麼可怕嗎！」我的第一個念頭很莫名其妙，覺得世界是在躲我。世界為什麼要躲一個像我這麼沒心沒肺的人？就像天和地一樣的沒心沒肺。最後，我明白了這是視覺上的錯覺，因為眼前的路一直是撲面而來的，當腳步靜止，遠處的景致自然就像是在後退。但是直到現在，我仍然堅信，世界總是要忌我三分的，因為我的沒心沒肺，因為我對他沒有要求，所以無欲則剛。

那段激情燃燒的歲月

老兵張廣躍是我們在廟兒溝尋訪佛教遺址的時候認識的。新疆哈密的廟兒溝，是當年新疆建設兵團的年輕戰士們拋撒了全部青春的地方，張大爺就是當年建設兵團的一員。一九五一年，二十二歲的張大爺剛剛從朝鮮戰場上回來一年，本來符合條件可以留在家鄉復員的他，卻響應了國家的號召，迢迢千里來到了陌生的哈密成為了援疆戰士。剛到哈密的時候，他們連一個住的地方都沒有，只是在馬棚和牛棚的地上，挖了一些大坑，上面鋪上草，當地人叫做「土窪子」，人就睡在這種類似墳墓的土坑裡。張大爺在介紹的時候竟對我們笑著說：「不過睡土窪子也有一個好處，就是冬暖夏涼！」說話的神態，讓人覺得那段艱苦的歲月彷彿是他最懷念的日子。可張嫂子絕不會同意，她說當年是被組織所描述的「新疆是：樓上樓下，電燈電話」所騙，才咬破了手指，寫了血書意氣風發而來的。大娘當年曾經逃跑了三次，都被連隊抓了回來，反覆地做思想工作，最後也就死了逃跑的心，留了下來。那一年，她才十七歲。

「響應號召」也許是現在的我們無法想像的一種精神。互聯網給了我們話語權，於是我們學會了反對一切意見領袖，對於任何聲音都用兩種回應方式：不屑一顧或者奮起反駁；人們不再願意被一聲「號召」改變自己的人生，卻樂於每天號召一種新思潮、每天發表一種新言論。但那個時候的人，卻甘心將個人的命運置於國家命運之後，他們相信：只有國家命途坦蕩，才有自己的人生可言，而子孫的人生，才有規畫的可能。我一再地問張大爺：「您當時真的是自願的嗎？不後悔嗎？」他都肯定地回答：「不後悔，那時候的人都不會去計算的。」

也許，這就是信仰，人們對此或許毫無意識，但的確深深地相信著一種力量，這種力量或叫家國命運、或叫民族精神、或叫共產主義、或叫世界和平、或者叫涅槃解脫，不管人們相信的是什麼，只要相信得夠徹底，這力量都會帶來一種神蹟，叫做忘我。

哈密距離我生活的城市萬水千山，那一個年代距離我生活的年代也已經年月漫長。似乎毫不相關的兩段人生，因為西行而有了一段小小的交會。然而我們實在不應忘卻，我們整整一代人的和平、富足是被另一群偉大的陌生人所成就的，他們燃燒了自己的歲月，才換來了我們可以縱情歡樂的青春。感恩他們！祝福他們！

高昌城下歷史腳邊

故城未曾故去，壯士揚鞭，揚起的塵埃還蒙在我的臉上，
一流淚，就變成歷史的溝壑行行；
英雄勒馬，勒住了所有的時光，
一駐足，就聽見兩千年的古風嘶長。
也許高昌都城生來蒼涼，
所以千年以前、千年之後都未變模樣。

陽光依舊炙熱，黃沙依舊飛揚；
甚至連當年的子民，都還信守著與古城的誓約，
彷彿隨時會在某個月明夜，身穿盛裝，且歌且舞，在城牆下歡聚一堂。
一閉眼，我便成了那個長裙及地的年輕姑娘……

與一座山的相遇

在去往吐峪溝的路上，我遠遠就看見了他。他背對著我，就像是戎馬多年的英雄，終於不敵時光，在馬背上老去了，伏倒了，一倒下就永遠地趴在了烈日下。神勇的鎧甲已無覓，或許凝固成了月下的道道寒光，或許殷成了風中的斑斑鏽色，或許根本早隨了獵鷹的翼尖，灰飛到天山的另一端。

英雄的血肉雖然曾經猩紅，最後也只能從明黃到深褐布了個滿山滿眼，任誰也無從在此白日黃沙間重塑他當年的鐵肩與鐵膽。唯見那把生死與共的劍，化作了流雲，經年遊走在這峽谷裡、懸崖旁。當長空無雲，那定是劍歸於鞘，是生命之水歸於蒼茫大地，那是為了更噴薄的醞釀。

就像山岩風化成了流沙，歷史被風化成了流聲，一聲鷹嘯就能將其掩蓋。但我仍能從他錚錚赤裸的脊梁一眼將他認出。那是一根倒下了很久的脊梁，比所有的故事都要久遠，但又像是隨時都會重新站起來，只要振臂一呼，所有並肩浴血的戰士都將從山谷的各個方向聚集過來，再打一場漂亮的仗。彷彿只要他願意，他可以重新寫下，另一篇歷史。

站在他面前，我卑微得近乎猥瑣，在只有騎士與賤民的那個時代，我一定是個賤民。我渴望戰鬥，卻沒有資格佩劍，當他的馬蹄在我面前揚起塵埃，我一定曾經狠狠地吸氣，那是我唯一能夠表達的崇拜方式。一萬年來，我呼吸的塵埃，足以在我的胸腔內鋪就一片沙場，只等待一場戰役來成就，我就能成為一名真正的戰士。我終於明白我們為什麼會在這裡相遇，我來就是為了向他不朽的遺骸祈求，祈求那場神聖的戰役最終降臨。

唯有用最凜冽的方式將堅執的自我毀滅，否則永遠都是賤民，唯有將一切歸於空寂，才能活成永恆。

踐履車師古道

車師古道，古絲綢之路上商旅和軍隊進入北疆的最方便通路，但歷史終於將它摒棄，荒廢成了徒步探險者的樂園。當我走在懸崖邊隱約的小道上時，無論如何也不能相信，這裡曾經是車師國的皇宮貴族們每年消夏越冬都取道而行的地方，或許他們真的是一個愛冒險的民族、無畏的民族吧。本來我是只會低頭趕路的木訥行者，但這一路的崎嶇總是迫使我不斷地停下腳步，於是在喘息的時候，才得以看到沿途的瑰麗風光。攝像機太機巧，我寧願用心、眼觀之，然後將幻化的風景訴諸筆端，將匆匆的一瞥凝固成文章。

我們的行程是從天山南麓大河沿牧場出發，翻越瓊達坂，到北麓泉子街為終點。

第一瞥：山

南麓的山冷峻、無樹、多石礫，卻是動態的。岩石的紋路是天公大手筆的水墨畫，層層的山脊在天地間縱橫疾走，彷彿有著不可估量的前程要去奔赴；山峰卻不願亦步亦趨，只錚錚向上，一副刺破青天鍔未殘的姿態。行進在群山夾擊的乾枯河道上，忽然有一種被千軍萬馬所推動，只能奮勇向前沒有回逆之機的錯覺。是大地當年無心的一側身，便將一片平坦擠壓成了天山，大地繼續從沉睡回到沉睡，天山卻從此一直清醒，晝夜切割著途經的長風。風的碎片被牧羊人的細鞭擊落了，羊群歡跳著拾取這天外來物，人們以為羊群總是毫無饜足地咀嚼著牧草，其實那是牠們在喃喃低語，互傳著風帶來的蜚短流長。像我們這樣的俗人是聽不懂天地山河之聲的，所以只能徒然羨慕那牛羊與飛鷹，羨慕牠們的蠢然與純然，自由與自得。

埡口的山堅硬、寒冷，卻是中立的，像是這個世界的裁判。當經歷了超過十二個小時的連續攀登，終於到達車師古道的埡口，這本來意味著勝利，人卻已經累得無力慶祝。借助登山手杖臨風矗立，暫作歇息，只見山也並不傲然，冷靜得面無表情，是一種安靜的存在。飄雪將山頭鋪陳得黑白分明，如人間的因果。但山不去評說，不加辯駁，甚至不打算昭示些什麼，只獻出坦誠的脊梁任由黑白是非排布其上。就連我們試圖紛擾這滿山黑白的腳步，山都不去驅逐，也許是因為他深知我們腳步的膚淺，就算造化不來捉弄，僅僅是時間，就能讓我們推翻自己的立場，否定自己走過的痕跡。於是山的沉默，在此刻變成了對世界最有力的陳詞。

北麓的山明媚、溫潤、足草木，卻是靜態的。各種色彩、不同植被、水聲鳥鳴不約而同地擁擠在天山的北麓，一場視覺盛宴不容分說撲面而來。但這一切都是以山的靜臥作底的。這時候的山就像是端莊的硯台，迎合著季節的輪番研磨，直到彩逸光流，傾瀉而下；又如同是純真的宣紙，歡喜承受大自然的每一落筆，筆筆都是天意，生命沒有敗筆。這時候的山甚至是隱匿的，我們將所有的讚嘆和欣賞都給了森林、草甸和流水，給了表面的浮華，而山沒入了後場獨享他那一份寧靜。我們從來不肯也不甘隱忍，永日經年竭力地在人前歡騰，為何不去看一眼大山，看所有的欣榮從他的深處發芽，無論怎樣積極地向天攀緣，終於還是回到了他的懷中，出世、滅亡、消融，最後積累成他最深厚的底蘊，生也熱烈，死也從容。

突然想起頂果欽哲仁波切的話：「當你看到一座高山，你要憶起內在的見解。這見解就是上師的心，和我們自己的心無二無別。」

第二瞥：水

天山的水滋潤了北疆幅員遼闊的土地，我曾經在坎兒井裡見過她，在哈密瓜農的口裡聽說過她，在交河故城那僅存的一口水井裡的，據說也是她。當她在天山的脈絡間溫柔婉轉時，她是水，當她離開天山，流向西域的廣漠大地時，她彷彿就成為了這片疆域的血液，洶湧在西域人的文化大動脈裡。水本無根，在天地間無始無終、不增不減，那麼即使我踏遍天山，我所尋得的，也不會是天山之水的根源，也許我看到的，是少女時期的她吧，我尋那一股清靈純潔而去。

首先認識到她的，是我的腳。當我毫無保留地踏入她的掌中，她報以我徹骨的冰涼，一陣凜冽穿心而過，想逃開已經來不及，很快全身都被她麻痺。可我又怎麼忍心詛咒，她是那麼的清透，她心裡沒有藏著任何一絲不純的動機，怪只怪我心甘情願的步入，就像山上的石頭，心甘情願為她將剛強廝磨成圓柔。當我走到了對岸，雙腳離開了她的時候，已經分不清刺激著神經的是冰冷還是火熱，那是一種無以名狀的痛感，就像一場短暫的愛情。

半夜在帳篷裡醒來，我的耳朵，又聽見了她。其實她一直都在，只是翻越瓊達坂後的高原反應讓我的六根失靈，直到後半夜才漸漸復甦。我的眼睛依然睜不開，但是我的耳朵出奇地靈敏，我能夠分辨出營帳外的篝火還沒完全熄滅，但阿里木已經睡去。我還知道佳馬利的馬已經不耐煩，正在原地輕踏牠的馬蹄。但是我聽得最真切的，還是水的囈語。她說好幾百萬生之前，她曾是印度洋裡的水，曾經親吻過一條鮮紅的魚。後來人們說那條魚變成了飛鳥，飛到了一個比想像還遙遠的地方。於是她用幾百萬次的生死換來了現在的模樣，流轉在這深山。她問我，今天山頂的那一隻鷹，是否就是她的紅魚，她讓我馬上回答，因為她很快就要隨著陡峭的山坡奔流直下，下一輩子，不知道會出生在哪裡？我說：是的，就是他，你沒看到那一身墨黑嗎？世界上只有一種黑最濃，那是鮮血被思念焚燒而成的黑。

下山的時候，她一直沒有離開我的視線，這個時候，我的眼睛才真正地讀懂了她。好幾次，我看到了她如玉一般的質地，綠是小家依依的碧人，白是大家雍容的佳麗，頑石頓時成了舞池，任她在其中輾轉騰挪，飛舞裙裾。我真想笑那些苦苦尋覓和田玉的匠人：你們尋來的不過是天山之水的死魂靈，真正的美玉從來不會被人在股掌之中把玩；可以收藏的不是絕美，最淒絕的美只在一剎那間生起，又在一剎那間逝去。一剎那究竟是多久？就是一樁心事從眼角遊走到眉梢的距離。

就像姑娘終於將老去，天山的水終於也會離開她的花季，我最後一次回頭看她，祝她終生美麗。

餘光：眼波及處，一步一景

樹

知道你將盛放

我急急從遠方趕來
無奈山太高水太長
當我們相遇
你再怎麼努力堅持
都只剩下一樹凋零
約定不要嘆息好嗎？
生命給我們什麼
我們就接受什麼
包括這山谷裡的全部枯黃

蒲公英
我想你也和我一樣
喜歡到處流浪

所以鼓足了氣
送你一程
我聽見你從空中傳來的笑聲
你說
那根本不是流浪
是最勇敢的飛翔

石頭

當我很強悍
你們大加讚賞
說我的嶙峋震撼
當我很卑微
你們反而嫌我硌了你們的腳掌

人類真的很奇怪
你們甘願低下而鄙夷低下者
你們明明偉大又懼怕偉大者
你們的頑冥連石頭都理解不了

牛

從來不會考慮
下一片牧草會不會更好
眼前的光景就是最盛大的贈與
低頭　把自己填飽
抬頭　生活真好

羊

把你們需要的都拿去吧
雪白的毛
雪白的奶
請把我的命留下
它本來就短暫
它還沒看夠這雪山

孤獨星球

其實在我們隔著白爾蒂湖，向對面的無人小屋漫無目的地大喊「羅布人！」的時候，艾買提已經出現在我們身後不遠處。當我們向那位站在「卡盆」上撒網的年輕人興奮地詢問他是否就是「羅布人」，艾買提一定在我們身後納悶：「至於嗎？」直到撒網的年輕人撐著「卡盆」漸漸走遠，我們才轉過身來發現了安靜又靦腆的艾買提。

艾買提身穿一件不太乾淨的運動外套，兩條褲腿都捲到了膝蓋的地方，雙腳把那雙運動鞋的鞋跟踩住，硬把它穿成了拖鞋。他的頭髮鬈曲著、凌亂著，鬚根已經不短，是西域人特有的落腮鬍，但是他的眼神很友善，友善中還帶著一絲憂傷。當我向前打招呼道：「請問我們說漢語你能聽懂嗎？」他回答我：「能，我上過大學。」這讓我很是驚訝，因為從他的外表看上去，只像是一個普普通通的牧羊人。事後才瞭解到，因為他的左臂在十二歲的時候長了瘤子被截肢，所以即使艾買提是村子裡難得的大學生，卻畢業三年了都沒有找到工作，現在的他，的確是一名普普通通的牧羊人，真令人惋惜。可在我們上前打招呼的當時，誰都沒有留意到他那只空空的衣袖，我們只是急著問：「你是羅布人嗎？」艾買提回答，是的，緊接著又補充道：「應該說我是羅布人的後裔。」我們又意外，又激動。

羅布人，世代都沿羅布泊逐水而居，因此被稱為羅布人。古時的羅布人不耕種、不放牧，只以捕魚為生，而且不信教、不與外族來往，在我的想像中那是一個孤獨而倔強的族群。後來隨著水源的減少、羅布泊的乾枯，羅布人被迫遷徙，開始和維吾爾族人混居，漸漸也開始了耕種與放牧，原來羅布人使用的羅布語也逐漸消失，現在的羅布人後裔操的都是維吾爾語。

我努力地試圖從艾買提的臉部輪廓中找到羅布人的特徵：高顴骨、寬鼻梁，但是我不知道那是和中原人相比的高與寬，還是應該與維吾爾族人相比？我沒有在艾買提的臉上找到明顯的證據，卻發現了那一股獨特的憂傷。那不是看透世態炎涼的傷感，也不是與世無爭的悵然，彷彿那是一種與生俱來的民族氣質。可艾買提是我見到的第一個羅布人後裔，我竟然以為自己從他的眼睛裡看見了這個存在了幾千年的族群所凝結、沉潛的氣息，自己都不禁覺得那是一個大妄想。我問艾買提能否到他家去作客？他很爽快地答應了。於是我們一行，穿過大大小小的窪地和一片胡楊林，走向艾買提的家。

總覺得在沙漠地帶，存在著這麼多湖泊和窪地很不可思議。但其實這裡是塔里木河流域，如果能從空中俯瞰，會發現塔里木河的眾多支流，像網一樣地分布四周。當時在蘆葦叢裡，我沒有那樣的視角，只能看到左手邊如鏡面般的白爾蒂湖，以及右手邊的沙丘上長著還沒變成金黃的胡楊，整個畫面就像是塞外的另類江南。方圓三公里，只有艾買提一戶人家，聽說羅布人把湖叫做「海子」，艾買提的家孤單地駐守在他們自己的海角天涯。

艾買提的父親遠遠就看到了我們，他一定很奇怪自己的兒子，是從哪裡帶回來這麼一大群人。艾買提的父親是一名中學的數學老師，這幾天放假，就抓緊時間要把家裡的牆刷了，所以當我們和他握手問好的時候，他還滿身滿手的泥巴，看得出來這位爸爸雖然意外，卻對我們很是歡迎。艾買提的家裡現在有四口人，爸爸、媽媽、妹妹和他，還有兩位姊姊已經出嫁。爸爸正在「裝修」的土房子，是一家人剛蓋起來不久的，很簡陋。而在此之前，他們所住的是在旁邊更為簡陋的一間，用蘆葦「編」成的房子。用蘆葦稈「編」房子，是羅布人的傳統，他們生活在水邊，於是就地取材以蘆葦建房。先是用木柱子搭起房子的框架，然後把蘆葦稈一層層地編成牆壁，並在內牆糊上泥巴。站在那所小小的蘆葦房裡，我突然為眼前的粗陋感到難過：羅布人就是世代居住著這種不堪一擊的家嗎？而羅布人卻出名地長壽，是什麼保護了他們的生命，他們又會怎樣保護他們的家？

我隔著日落前的寧靜海子，望向那一片胡楊林，似乎它們知道答案。當一個生命足夠長久，他往往更不相信所謂的堅固，任何有形的物質、無形的恩怨，在他眼前都生生地被時間熬成了塵土與雲煙。新疆的胡楊生而不死一千年，死而不倒一千年，倒而不朽一千年，他用三千年的時光，看盡了身邊的無常——也許是對生命的淡然，才真正地保護了生命本身。水對於魚是永恆，因為魚只能用自己的生命丈量時間；岸對於水是永恆，因為水只能被岸與岸承載，只能在岸與岸之間存在；魚膜拜水，水膜拜岸，就像人們膜拜自己所不能超越的那些執著與幻相。其實每當我們被某些人、某件事或者某種情緒所傷害、所桎梏，不妨試著將自己想像成一棵大漠裡的胡楊，設想我們有著三千年的眼量，就不會有哪一種牢騷可以使人斷腸。

等我回過神來的時候，已經是月上中天，月光下的小小家園，單薄而美好。突然間覺得，我們每一個人，都是一顆宇宙中的孤獨星球，終其一生對世界都是盲人摸象，當我們執持著自己所知道的那一點點，試圖與世界爭辯，要多荒唐有多荒唐。不如學羅布人的孤單吧，只要不期待別人來懂你，也不自以為懂得了誰，就永遠不會寂寞，孤單其實可以很快樂。

很感恩和艾買提的相遇，不是因為實現了尋找羅布人的願望，是他以及他的家園讓我重新想起自己的命途，應該始終獨立、寂靜而堅強。

庫爾勒沒有月亮

昨天太陽毫不吝惜地普照著庫爾勒，甚至整個南疆，其熱烈豪放彷彿是因為透支了今天的能量，所以今天天色大轉，陰沉鬱結，溫度也降了下來，今晚會是一個無月的中秋嗎？

羅布人的後裔艾買提告訴我，維吾爾人不過中秋節，所以他們也許不那麼遺憾。中原人對中秋節的熱中除了是懷鄉的情愫、團圓的渴望，我想更原始的衝動應該是：對圓滿的讚嘆和嚮往。所以從上古時代起人們就對「神」有了特殊的需求，人們渴求一種極致的完美，無死而萬能。於是人們帶著敬畏製造出一個個萬能的神，而神的其中一「能」就是製造了我們。這是古人一個多麼可愛的悖論啊：不完美的人創造了完美的神，然後神創造了我們。當人們向外馳求圓滿，便有了對有形或無形的神祇的膜拜。然而「膜拜」本身就是一種撕裂：「因為我不可能是神，所以我膜拜神靈，我和神是永恆分割的兩者。」因此膜拜不可能帶來終極的圓滿。

佛陀是一個革命者，其中最大的革命就在於改變「尋求」的指向。年輕的喬達摩．悉達多同樣是「完美」的狂熱追求者，他不甘生、老、病、死閉環不息，他拒絕苦難、他反抗宿命。他雖然沒有臣服於梵天的神權，也沒有像秦始皇一樣聽信方士們的「長生不老藥」一說，但他的確也經歷了向外尋求的階段，試圖透過極端的苦行達到極致的幸福。當一切手段被證明徒勞之後，萬念皆休；當意識已經無力外求時，心念自然向內沉潛。當心終於肯反躬自身，它會發現它就是圓滿本身，其「能」周遍。

然而我們的痛苦就在於，始終不肯停下來向內觀照。佛陀從來沒有想過要把我們變成另外一物，變成我們不是的那個人——那如恆河沙數般浩瀚的法教啊，都是為了讓我們認識那個失散已久的自己。今夜如果真的無月，那麼我將視其為如佛陀般的上師最慈悲的加持，他是希望我能向內看到自己那輪高懸的明月，我就是明月。

只是人間常別離，方才團圓分外喜。照而常寂不動月，無有此等短歡期。

雪山之後

今天分外天晴。走到露台上晾衣服的時候，赫然發現不遠處的一座大雪山，不過也許其實相隔挺遠的吧，只是陽光太美好，所以感覺不到她的寒涼。我靜靜看著她，她則更加靜靜，甚至光與影、雲與風到了她的身上都不再變化。

最近常常會想到雪山，特別是上座修持的時候。以往總是剛一上座就想著下座的時候要做些什麼，散亂又焦慮；而在完成了一定數目念誦時，又會想著還有多少就全部完成了，那個時候就可以鬆一口氣或者進入另一個階段，驕傲又著急。直到不久前一天，突然想清楚了，修持並不是一個自己跟自己玩的數字遊戲，如果眾生不能用數字算盡，修持又豈能止於數字？其實根本沒有「修完這個之後」會怎麼樣的問題，而是只有一直繼續下去，就像從雪域的峰頂眺望，雪山之後，還是雪山。

從那天開始，每當修持時內心焦急煩惱，我就開始觀想綿綿無盡的雪山。這一條路，只要我選擇了不問遠近、不計曲直地走下去，會有一天，當我一抬頭，就看到那個地方的。

而現在，我一抬頭，看到的是大塔身後的黃金日落，所有的經幡都變成了透明，風一過，便翼翼翻動，有多少「瑪尼」會被捲入風中？他們會翻山越嶺地去保佑那一個祈禱者嗎？但願那一聲「瑪尼」與我不善言辭的祝福能夠被每一隻耳朵聽見。

天上地下，聖心光華

飛機到達德里之前，經過一個「五角星」。是的，那個城市在夜空之下就像是一個巨大的閃爍著的五角星。我知道那是由無數盞燈火組成的滿目繁華；可是我也知道，每一盞燈火之下定然有著無數個悲喜人生。他們以及它們現在看上去是那麼細小而飄搖，但當苦樂來臨時，卻是再強大不過的真實，足以將整個所謂世界擠滿。當我意識到，這裡已經是印度國境之內，我提醒自己，其實在燈火不及處，還有著更多的人生，而那些人生卻並不因為黑暗而模糊虛妄，反而苦得更真切，真切得令人無法相信這不過是一場輪迴大夢。

當「五角星」像一個夜行中的風箏飄然而過，便到了德里上空，已經是北京時間晚上十二點半了。這一次，沒有了以往的茫然和混亂，妥妥帖帖地住進了酒店。第一次在印度的四星級酒店舒適的床上，看電視裡播放的時尚娛樂節目，竟然很不適應——是不適應德里先進、現代、時髦的一面嗎？不適應印度其實根本不悲情？不清楚。這時候窗外傳來了聖誕歌聲，走過去發現原來是基督教學校的中學生。他們頭戴紅色的聖誕帽子，捧著募捐箱，在商鋪前挨家挨戶地唱著歌，似乎是為某個慈善機構募款。人們並不在意那是以主之名抑或是以濕婆之名，或多或少地都給予了捐施。

這一刻，我不禁祈願：願這片土地上的人們永遠被眷顧——當人們放棄成見相互關懷，一切人將被一切神所眷顧。

「平安夜，聖善夜！牧羊人，在曠野，忽然看見了天上光華，聽見天軍唱哈利路亞，救主今夜降生，救主今夜降生！」

遠方的nobody先生，你還好嗎？

那天晚上，已經很晚了，我剛剛完成一天裡的最後一座功課，就聽到樓下的擾攘聲。有一個人用中文大聲說道：「我不是要見他，我就是想把這些東西給他看看，看到這個，他就會知道我到這裡來有多麼的不容易了！」接著聽到古沙喇嘛的聲音，一直說著不行不行的，而那位先生不依不饒，一定要將一些什麼東西交給大寶法王。我心想，一定是古沙喇嘛中文不太好，跟他解釋不清楚，所以就起身下樓去看看有什麼可以幫上忙的。

到了樓下，我看到一個戴著眼鏡的年輕人，手裡拿著一封信、一些照片還有一盒包裹著的東西，就走向前去跟他說：「你跟這位喇嘛說沒有用的，他只是這家旅館的負責人，如果你有東西要交給法王，你可以去找喇嘛突丹預約一個私人接見的時間，或者明天下午過來，明天是法王的公開接見日。」

那位先生看上去還是很激動，他不停地說：「我不是要見法王，我也知道見不了，我就只想讓他看看這個，他看完這封信，就會知道我來到這裡有多麼的不容易了，我很不容易的，你知道嗎？」

當時我的心裡想著：誰都不容易啊！但嘴上只能勸他明天再說，因為實在是很晚了，在寺廟裡面爭執這些也不好。那位先生最後悻悻地離開了。我一邊回房間一邊暗自想到：來這裡的真是什麼怪人都有啊！

第二天，我端著午餐來到旅館餐廳外的門廊，挑了一張沒有人的桌子坐下。剛坐下沒一會兒，那位nobody先生端著炒麵向我走過來，看上去比昨天晚上平靜多了，他很有禮貌地問我：我可以坐在這裡嗎？當然可以。坐下後我問他：「東西交給法王了嗎？」他說：「已經交上去了。」我很好奇地問，那是什麼重要的東西，那位先生好像突然打開了話匣子似的，滔滔不絕地說了起來。

他說那是一封信，上面寫了他是怎麼賣掉房子和一切財產到了拉薩，在拉薩的時候有人告訴他，從拉薩是可以去尼泊爾的，他就買了車票到了尼泊爾；在尼泊爾又遇到一些人，他們跟他說「你可以去印度啊」，於是他又買了飛機票從尼泊爾來到印度。到了印度有人跟他說菩提迦耶那邊有法會，他就坐著火車去了菩提迦耶的金剛座，到了金剛座有人告訴他還可以到達蘭薩拉的山上去，見見更多的高僧大德，而他根本不知道這些高僧大德都是誰，但他還是來了。他告訴我，他連最最簡單的英文都不會，說罷還拿出了一個筆記本。我打開一看，全都是手寫的一些簡單單詞的中英文對照，例如：男廁所、白開水、火車站、飛機場、米飯等等。他說這是他在沿途認識的一些懂中文的西藏人幫他寫下來的。

但最最不可思議的是，這位先生禮貌地告訴我，他是一名精神病人。我聽到這個的時候整個人愣住了，訥訥地點著頭，一邊腦子裡面迅速地分析著：一個正常人不會說自己是瘋子，但是一個瘋子就更加不會說自己是瘋子了呀！最後只好盡量保持禮貌地對這位先生說：「可是我根本看不出來啊。」他說他現在已經好了，不過他認為他原來也沒有病，但是他的媽媽兩次把他送進了精神病院。

「她為什麼要這麼做？」

「他們都認為我的想法很不一樣，其實我覺得只是他們不瞭解我。」

「那你恨你的媽媽嗎？」

「我不恨她，因為她是我的媽媽呀，她對我做的一切我都不會恨她的。她給精神病院打了電話，他們就來把我綁走了，我現在還記得，我清楚得很，我在醫院裡，就是那種小小的單人房，穿著那種把你綁起來的衣服，然後給我打各種各樣的針，還要吃藥。他們以為我不清醒，可是我都很清楚的。但我也不恨那些醫生，那裡是精神病院，他們在做他們應該做的事情，這是很正常的。」

聽到這裡，我已經很訝異了，心裡覺得這位先生真的太神奇，他似乎不像我們「正常人」一樣有著那麼強大的自我，他相信處在某一個環境的人就會做出與此環境相適應的事情，那些事情沒有對錯，哪怕這些事情傷害了他。

他又告訴我，後來他出院了，他的父親安排他到一家銀行工作，還分了房子，一切都很好。不過有一天，他決定這一切都不要了，至於為什麼，他好像告訴了我，但也許是因為理由太奇怪，我沒有記住。後來他在重慶認識了一位出家人，讓他去拉薩，於是就這樣開始了他的旅程。別人總愛問他：「你一個人什麼都不懂就這麼出門，你不害怕嗎？」他跟我說：「我就告訴他們，我不害怕，我什麼都不是，什麼都沒有，我害怕什麼。我，就是那麼一點點的小東西，什麼都不是。」他很努力地用手指尖比畫著那一點點的小。我幾乎沒有機會插話，他一個人自顧自地述說著，但是看著他認真又無畏的神情，我覺得自己很慚愧：為什麼我要把自己那麼當一回事呢？如果我什麼都不是，那該多自由啊！

直到他說出那一番話，我終於確認，這位沒有名字的先生，一定是菩薩的化現，要來給我一次棒喝的。

nobody先生講完了他離家出走的過程之後，突然想起了什麼，露出了很生氣的表情：

「你知道嗎？有的人他真的很壞啊！他就是想矇你、騙你。不過我這麼說，你要知道，我是個精神病人，這些景象可能只是在我自己的腦子裡的，人家不一定是這樣的。我在尼泊爾和印度都遇到過很多壞人，他們真的很壞。不過我是精神病人，也許他們不是真的壞……」

他反覆地抱怨著，時而憤怒、時而委屈、時而無奈，但是總忘不了強調：這一切很可能只是他那個「不正常」的腦子裡的幻想，事實有可能不是那樣的。我看著他，突然覺得自己才是輪迴裡的大瘋子——我從來沒有懷疑過自己的判斷，從來沒有懷疑過一切顯現的真實性，我總是認為事情的全部就是我所感知到的那樣的，我總是深信那些傷害我的人骨子裡就是個壞人。可，萬一不是呢？萬一那一切不過是一個得了無明大病的病人腦子裡的幻相呢？天啊，我竟遠遠沒有一個精神病患者清醒！

最後，nobody先生吃完了他的炒麵，發完了他的牢騷，就走向了寺院的大殿，留下我一個人坐在那裡久久回不過神來。坐在旁邊一桌的是一個台灣人和他的西藏導遊，那個西藏人帶著幾分同情對我說：「那個傢伙可真能說，你還真有耐性啊！」我轉過身大聲告訴他：「我覺得，你說的那個傢伙是個大菩薩！」

一個月後，在德里難民村，我又遇到了nobody先生，他正在那難民村裡唯一的一條街道上遊蕩，我驚喜地走上前去問：「你還沒有走啊！什麼時候回國？」nobody先生說：「我決定留下來了，我報了個英語班。」「真的？你的簽證不是快要到期了嗎？」「是的，我打算一直在印度待下去，護照我不要了，這沒什麼的。」「祝你好運。」「謝謝。」

勇敢的nobody先生，謝謝你給我帶來的啟示，願三寶永遠照看你，你在遠方要保重！

我在這裡

晚上八點三十五分，天竟然還沒有全黑。窗外的線條開始曲折陰柔了起來，大概快到青海湖了。外面開始下雨，車廂內開始放暖氣。

從東到西，從夏季到冬季，從現在到過去，好奇怪的旅行。

我站在兩節車廂之間，磕磕碰碰地，抖出了好多過去某些時刻、某些地方有過的某些情緒。曾經那麼害怕，那麼憂慮，那麼衝動，那麼無奈，那麼貪，那麼癡，那麼劍拔弩張，那麼不明所以。

我好想回去，緊緊坐在她的身邊，對她說：「什麼都不用擔心，一切都會很好的，我向你保證，因為我來自你的未來。」我甚至可以抱著她的肩，任她順勢在我的腿上躺下。我們深坐在一起，我將諦聽她的沉默或者哭泣，但是只要她睜開眼，一定會看見我還在：「你看，我會一直都在這裡，你的未來此刻就和你在一起。」我永遠不會恥笑她，即使她看上去那麼的不圓滿，甚至錯漏百出。我願意像對待自己的母親一樣的感激她；也會像寵愛自己的女兒一樣的寬容她；還會像支持自己的愛人一樣的守護她。直到她全然地相信，我願意承擔她全部的快樂和哀愁，直到她相信，我是她全部疑問的答案。

直到那個來自未來的我，深坐在我的身旁，把手搭在我的肩上說：「實在沒有什麼可擔心的，你看看我，不是在這裡嗎？」於是我們三個，彼此微笑著，擁抱著。

覺沃心燈

他們把你放置在漆黑的深處
你便從那深處放出光來
那麼強烈地引我
向前
那麼堅定地看我
躊躇

覺沃仁波切千諾
我點上這一盞酥油燈
是為了離於無明
但更是為了入於黑暗
加持我成為
你在每一個黑暗的死角
所安置的那盞小小
卻不泯滅的心燈吧

我不是你的瑪吉阿米

西山落日映不入你的窗
我的王
你的臉隱沒在布達拉的晚上
不敢在城下張望
東山滲出的月光

已經浸濕我的裙裾與衣衫

你我都清楚
我釀的烈酒驅不散
你眼裡的寒涼
你馭的快馬趕不上
我心頭的動盪
你我的堅持
不過是風中的煨桑
就算熱烈
終將冷淡

忘了吧

從此
我不是你的瑪吉阿米
從此
你也只是
我奉若聖靈的
我的王

我還是你的宕桑旺波

一座城在等一個人
固若金湯
你卻將我流放
無法命那馬頭調轉
無法將一紙悲書相傳

醒著夢著都
無法回到理塘
我堪作
誰的王

就讓這座城池寂寞下去
如果你不來
我也不待
我們彼此沒入塵埃

就讓這個故事被肆意傳說
你可以不再是你

我還是你的
宕桑旺波（註）

註：相傳六世達賴喇嘛倉央嘉措，年輕時常夜出以俗家身分在坊間遊歷，他的朋友塔乃堅為他取一化名叫宕桑旺波。

這個沒有情書的年代

這是一個沒有情書的年代。不是因為沒有愛情，而是因為沒有書信。

也許十年前你曾經，因為抑制不住你的熱情或者憂傷，所以找來了紙筆，鄭重地攤在桌上，卻開始盯著它們發呆，一個下午，一個晚上。直到你想一個人想到累極，想到心力交瘁，最後只寫出這樣的話語：「你好嗎？我們這裡的梧桐都開始抽芽了，而梧桐的生長是極快的，很快就會變成大片大片的葉子，從輕淺到深綠……」支支吾吾、顧左右而言他地，卻始終說不出一句：「我想你想瘋了！」

也許十年前你曾經，剛剛將一封信投入郵筒，就馬上開始擔心地址到底有沒有寫對？郵資真的夠了嗎？你開始掰著手指計算七天後的現在，這封信就會被那人讀到，他真的會用心去讀嗎？他是會邊走邊讀，還是躺在床上讀呢？也可能，當信剛剛送入郵筒，你就開始後悔：「哎呀，那一句話是不是說得太直白了？另外一句又會不會太過隱晦？」

也許十年前你曾經，因為收到一封熱烈而信誓旦旦的情書而激動不已，但是轉瞬間，又擔心起來：「那是他七天之前寄出的誓言，直到今天，還依然有效嗎？他會不會已經改變？啊，他當然已經改變！七天的時間足以改變很多的事情。但他是變得更愛我了呢，還是不那麼愛？」天啊，為什麼永遠只能讀到一個人過去的心意，現在呢？現在怎麼辦？我應該怎麼向七天以後讀到回信的他做出我的回應？我怎麼能對七天以後的我的心意負責呢？

因為有著時間與空間的距離，所以有了情書；因為有著時間與空間的距離，所以有了愛情。

然而現在，這一切都消失了。發一條短信只需要三秒鐘，如果對方已經收到了短信，你還會收到一條通知短信。所以你不必猜測對方到底看到了沒有。發一封郵件同樣只需要三秒鐘，對方還會收到一條手機短信通知他查收新郵件，所以你也不必擔心你的信會不會被傳達室的大爺弄丟了。你失去了全部的等待，因為你們的交流是即時的，你們的愛情是即時的。對於你的所有表達，你都有理由期待他的即時回應，如果他沒有，那麼不回應本身就是一種回答。於是你們總是能迅速地做出一個又一個的判斷，要嘛愛，要嘛不愛，要嘛又重新愛了……十年後的你已經忘記：愛情不是是非題，愛情恰是那似是而非的期盼和等待。

記得十幾年前，每個期末我都會將一年來收到的書信帶回家。我的母親就會趁我不在的時候，一封不落地讀我的信，不但不覺得這樣做有問題，還會跑來跟我說，她覺得這個男孩不錯，文筆挺好的，那個不行，字寫得太醜……總之就是要前後左右評論一番。我想我也許是還會用紙筆寫一封真正的信的最後一代人了。在我大三的時候，很多人都已經開始用電子郵箱，到了大四幾乎人人都有一個QQ號了。我想像現在的母親，如果跟我的母親一樣好奇又大咧咧的話，可能只能跟自己的女兒說：我看這個男孩不錯，他的博客人氣挺高的，那個不行，還在用QQ而不是MSN，將來當不了白領……

現在的人們恐怕已經完全無法想像，十年前那一部日本電影《情書》為什麼會那麼感人。人們無法理解藤井樹的寂寞與猶豫——當藤井樹一遍一遍地重複那個與自己同名的女孩的名字時，所有人都以為他是在自言自語。而情書的本質，不就是自言自語嗎？因為你要訴說的對象，永遠不在你所在的時間和空間之內。

在這個電子化的年代，在這個沒有距離的年代，真正的情書，只能存在於，你我的沉默。

天要寵你

親愛的，你知不知道，有一股強大，要通過我，到達你。

它來自浩瀚的歲月和廣闊的寰宇，它來自最深沉，也來自最高極，它來自最古老，也來自最新奇。它選中了我的同時，也選中了你。

我必須允許啊，允許它流經我，允許它激起我裡面的一些沉疴、一些渾濁。允許它重重地壓向我，直到我不再逃避，直到我全然地展開我自己。瞭達，通透，穿心如隙。

我必須跟隨啊，跟隨它尋找你，尋找它最終需要達到的目的地。跟隨它在恆河沙數世界遊歷，一時間，你哪兒都不在，一時間，全都是你。只有它知道，只有它有辨認的權力。

它是如此的強大，以至於，即便你不願意接受我，它仍然會透過無量的通道、每一個別人，進入你、充遍你。這我就放心了。

它是如此的強大，以至於，即便你不願意接受我，它仍然會將我虹化，流溢在天際，我將早你一步到達明空之境。請你，也放心吧。

親愛的，你準備好了嗎？準備好，接受這強大的愛，它並不來自我，是天要寵你。

二月的早晨

二月，在加德滿都，雖然陽光普照，卻仍然清寒的早晨，在一家同時出售各種圖書的咖啡館，在眾多新舊圖書、畫冊、雜誌之中，我拿起了最不起眼的一本。它沒有封面設計，如同一本硬皮抄而已；沒有前言、後記，沒有作者介紹，沒有出版說明，只有不到五十頁。

這本小書，收錄了一些人的話語，關於快樂，關於信念，關於成功，關於勇氣。我不知道這些人是今人還是古人，是東方人還是西方人，是名人還是普通人，他們的話也並非豪言壯語，深邃超凡，只是當我在這個早晨讀到，還是感到了如此的溫暖——在這個不算完美的世上，總有一些人，他們在不同的地方，不同的時代，用心或者不經意地，將凝藏於自心內在的智慧與慈悲，展露出來，將來自於一切萬有的愛，又奉獻於一切萬有。然後，被另一些人，在不同的地方，不同的時刻，遇見，拾取，珍藏。

深信，此時此刻的我，千里遊行於此的我，已經被納入這一場相遇與交會，我當繼續這一份愛與信念的流傳與散播。我把書中的一部分言語抄錄下來，翻譯並放置於此。輿許能夠在另一個清冷的早晨，溫暖另一顆，柔柔，軟軟，準備好接受照耀的心。

1

Look around you...

And you'll see

Only where you are today…
Look within you…
And you'll know
Who you are
And where you are going. (Karen Ravn)

環顧身外
你只能看見
你今日之所在
反觀內在
你會瞭知
你究竟是誰
又將去往何方

2

Only as high as I reach
Can I grow
Only as far as I seek
Can I go
Only as deep as I look
Can I see
Only as much as I dream
Can I be (Karen Ravn)

如同我所能夠到達的高度，
我能如此成長。
如同我所能夠探索的遠方，
我能如此前往。

如同我所能夠審察的深處，
我能如此看見。
如同我所能夠夢想的偉大，
我能如此達成。

3

The key to happiness is having dreams—the key to success is making them come true.(Sydney Harris)

快樂的關鍵是擁有夢想，成功的關鍵是實現夢想。

4

Happiness is a direction, not a place.(Sydney Harris)

快樂是一個方向，而不是一個地方。

5

Try not to become a man of success, but rather a man of value.(Albert Einstein)

試著不要去做一個成功的人，而是一個有價值的人。

6

What lies behind us
And what lies before us
Are tiny matters
Compared to what lies within us. (Ralph Waldo Emerson)

在我們身後與眼前的那些
與存在於我們內在的那些相比
不值一提

7

We tend to forget that happiness doesn't come as a result of getting something we don't have, but rather of recognizing and appreciating what we do have.(Frederick Keonig)

我們總是忘記這一點：快樂不是得到我們所沒有的，而是認取並感恩我們所擁有的。

8

Courage is resistance to fear, mastery of fear—not absence of fear.(Mark Twain)

勇氣，是對恐懼的反抗與征服，而不是沒有恐懼。

9

There are two things to aim at in life: first, to get what you want; and, after that, to enjoy it. Only the wisest of mankind achieve the second.(Logan Pearsall Smith)

生命有兩個目的：首先，獲得你所想要的；然後，享受其中。但只有智慧的人，能夠得到後者。

印度式慵懶與西藏式精進

印度人很懶，富人有富人的懶，窮人有窮人的懶。

富人可以請人在恆河邊用一整天，往自己身上抹香薰油，然後在太陽下按摩那個肥碩黝黑的身體。

窮人可以用一整天在恆河邊放風箏，最簡單的報紙糊的四邊形風箏，他們甚至不會站起來，而是半躺著，瞇縫著眼，若有若無地牽著那一根線。

印度人可以用梵文吟唱一整部摩訶衍那，三個樂手一個歌者，手風琴、西塔琴加上鼓，一唱就是三千年。可他們卻懶得去用文字記錄自己真實的歷史。所以如果去讀印度的歷史，看著看著猴神哈努曼就出現了，你搞不清楚那到底是歷史還是神話。

印度人對現世人生的懶，是物欲世界裡的最後一個堡壘，雖然這個堡壘已經完全被包圍，但印度用她骨子裡對現世的輕慢和對來世的強烈嚮往，抵抗著，貌似妥協卻根深柢固地抵抗著。

印度人寧願用那個連他們自己都輕視的現實人生，來思考神，而神，他們認為就是思考本身——每一個內在心念與每一個外在顯像，都是神。苦難與極樂，創造與毀滅，愛與恨，都以神之名發生。這種思考，對於物欲的我們來說，尤其像個神話，不是嗎？我們從來不肯懶下來，靜下來，我們的心裡沒有任何一個角落可以安放神龕。

我們徹底放棄了未來的自己，那是一種更大的輕慢，還是一種更大的懶？

西藏人很虔誠，又很精進。

很多人一生的願望，只是由青海，三步一拜走到拉薩，或者是念完那一億遍的瑪尼。前兩天看到印度的報紙上刊登一則消息，兩個西藏人發願，以等身長頭從西藏一路磕到印度，其中一個人死在了路上，另一個人終於到達。

但西藏人的精進，是庸常的。那一路的長頭，只有風知道，磕完了轉身回家，還是糌粑奶茶過日子；那念過的瑪尼，只有羊知道，念完了打馬回營，還有未紡完的線呢。佛法對於藏人是生活的一部分，在法道上的精進，就像喝酥油茶一樣，是一種需要而已，沒有什麼好炫耀，好與別人比較的。

當修行跟放牛一樣寂寞，修行就跟放牛一樣自然了；當修行跟大地一樣平常，修行就像大地一樣穩固了。那樣的修行甚至不知道算不算精進，因為修行已經隱匿，不是一件需要專門去做的事情。

這種精進對於我們來說，會有吸引力嗎？這無人讚美的奮進，這誰也取悅不了的努力，這滿足不了眼前的付出。不願意懶下來的我們，卻也不願意這般的精勤，哪怕是為了自己的欲樂，我們也不願意如此沒沒無名的去換取，我們需要多少有些動靜，好讓自己相信：我的確做了些什麼。
我們太過看重自己，這是不是另外一種自卑呢，是不是另外一種的瞎？

何必文章

在那些古早歲月，在人類的心靈童年，
四季之韻，河川之聲，蟲嘶鳥啼，雞鳴犬吠，便是最好的音樂。
遠古的初民，會用他們的一顆素直之心去側耳傾聽，
當他們單純而直接地放開喉嚨，回應那自然之聲，便有了歌。
一切原本就在那裡，圓滿俱足，誰也不必締造什麼，誰也無法締造什麼。

若不是初心已忘、慧心已罔，我又何必字斟句酌、尋思計量，何必文字、何必辭章。

若不是早已無法當下直見本心，我又何必以筆作杖，策杖探源，步步維艱。

而我，

本當與大化同在，歌之詠之；

本當共天地玄黃，且唱且吟。

第三章 鬼話

鬼話．前言

雙運

一個孤單的人，一隻寂寞的鬼，飲茶、鬥酒、讀經，常人看來，這番情景也許淒淒戚戚，甚至恐怖詭異，於我，卻是獨處的快樂所在，是去歲客居五台山中、掛單文殊洞時的法喜與禪悅。

人鬼殊途，有如我們內心的不同面向、各種音聲，往往會相牴觸、相撕扯、兩相掙扎。但生命的奇蹟，往往發生在自我的舒適區域之外，允許心靈發生震動，甚至騷動，允許內心感到不安，甚至恐懼，允許自己詭異一番，允許自己偶爾瘋癲、張狂。你會發現從舊體系中跳脫而出的，你自己內心的各種聲音，它們開始共同對話，相互聆聽，彼此思辨，你會發現它們完全可以交互與融通，並帶領我們進入一個更深邃的層面、更廣闊的境界。

其實我們心中的「人」就是那理性的光芒，「鬼」則是那感性的靈慧。以理性導引感性，使感性成為靈感與智慧；以感性擁抱理性，使理性成為力量與勇氣。智悲雙運，定慧等持，讓一直以來落入邊見的我們回歸中道、回歸圓滿，得安然，得喜悅。

鬥酒

昨夜，與鬼鬥酒。

初夜時分，鬼施然而至，甫入座，自囊中出其壺盞，滿斟齊眉以敬。

吾方舉盞，忽憶曾受五戒，絕酒葷，遂謝曰：已戒酒矣，余且獨飲。

鬼曰：酒是戒？醉是戒？

答曰：醉是戒，然酒乃醉因。

鬼言：醉豈唯酒，人間百事千慮萬般執，其誰不迷，何時非醉？戒則戒盡貪嗔癡，守要守得本覺智，方為真梵行。
吾曰：然杯中物何益？耽酒者多顛倒道理，使性罵座，儀態失常。
鬼大笑：此俗物矣，吾輩則以酒壯肝膽，殺煩惱敵！
吾聞之，遂一飲而盡，鬼亦傾壺酩酊。

默然

三更未盡，始翻書，鬼又至。

掩卷吹燈，相對無言。良久，鬼問：讀什麼書？

對曰：《金剛經》。

又問：可有所得？

對：若有所得無所得。

鬼稱道：似有所悟矣。

吾坦言：非也，不過是拾得些許牙慧，學來幾分機鋒，
實則全無用處，工夫到底幾何，捫心自知。
鬼道：真知乃矢口，離言絕思，言語道斷，默照而明覺。
人鬼遂復無言相對。

幽情

山中又雪，初夜簌簌，中夜瑟瑟。品茗以溫喉，誦經以呵心，此間又有多少幽情難訴。

鬼至，倚門而立，喃喃自語：何不展卷潤筆，將起心動念化作辭章？

對曰：心心念念不過幻影重重，何必訴諸筆墨成口實？

鬼粲然一笑：明明無邊思慮，卻不落口實，故作清白無憂。

吾苦笑：清白不清白，豈不自知，但騙啊誰？不過是人各有別業，自心所感，不足為外人道矣。且詰之：汝既清閒，何以留連於此，與吾輩廝混？莫若共同道相往來？

鬼拂袖：汝之幽情，尚不足為外人道，吾之悟境，更不屑向餘鬼說！

大千

山微雨，谷中霧騰如蒸，披衣獨行涉幽徑。置身自然，深感天之厚我，山川林池但遊冶，日月風塵任歷遍，無偏私，無覆藏，無慳吝。

當思及此，駐足語鬼：君居此地久矣，其霧峰、其雨林、其蒼岩、其逶迤山徑，三千年來可都如斯？

鬼曰：景致如斯，情懷各別。

曰：但何如？

對曰：一境入目，萬象於心，繁華有之，落寞有之，欣悅有之，惆悵有之，著迷有之，勘破有之。

吾感而言之：須臾變遷不在流年短長，而在人心剎那分別。

鬼曰：當下真空，方成妙有，各各認取，各各不同，所謂大千。

隱逸

長夜月白，雲逸星沉，獨步廊前又遇鬼。

遂問之：多日未見，遁隱何處？

鬼曰：鬼魅如我，常人未知未見、不聞不問，談何遁隱！

對曰：未知未見、不聞不問豈不甚好，汝則大可不聞世事、不諳世情、去來自在、成精成怪矣，我輩於此，慕而未嘗得之。

鬼淡然道：不聞世事易，隱入山林作那幽人去。不諳世情亦可，浪遊川岳成一散仙。最難者，隱而不枯槁，明歷歷露堂堂；遊而不放逸，有節有度無狂。

吾喟然長嘆：半生蹉跎方始聞此理，只怕餘生不夠去修成。

止觀

山中又雪，封山封路封津渡，攝心攝意攝耳目，正好上座。一炷蘭香盡，室中氤氳，正下座時，鬼現階下。

鬼問：座下觀什麼？

對曰：觀生、觀死、觀苦空。

又問：觀何所得？

對曰：只見情、器世間無真實，但願不奢求、不妄予，不貪戀、不冷漠，不爭訟、不辯駁。深知此身不過江湖一扁舟，自恃堅固，業風初一動，輕舟已過萬重山。

鬼復問：座上參什麼？

對曰：參因、參緣、參如幻。

再問：參何所得？

對曰：始知輪、涅無二皆如幻，但求不取相、不執空、不畏怖、不厭離、不沉溺、不捨棄。初曉諸法不過夢土幻化山，假空無常，般若蘭舟渡，輕舟又過萬重山。

山居

深居谷中，不覺已是半載。與山僧往來，經律論藏；共農人晨夕，節候稼穡。雖掛單寺中，卻將天地都做了道場。我贈寒山一詩一偈一茗茶，寒山贈我一花一葉一塵沙，看似素簡，實則豐盛，箇中喜悅，外人看來，怕難思難解，唯鬼知曉。

嘗語鬼：余可知，吾何以樂山不止？

鬼哂曰：你我怕是心意一如——蒼山與靈魂等老，卻素真自然、拙樸頓朗，若以此反照人心，即心機城府盡消，千愁萬慮皆休。居於此，可縱情來去、可不諳世事、可不著規矩。

吾合掌禮讚：然！

十行品

深冬，晝短夜長，便終宵與鬼合讀《華嚴經十行品》。被菩薩深廣大願感動折服，深感無以為報，唯願能以粗淺的言辭，將十大菩薩行，一一解構。但言之所及，僅是冰山一角，甚至擅自添加了主觀想像，旨在拋磚引玉，令更多的人發心讀誦原典。原典的文句精巧、義理深遠、感人至極，本人之文字實在是千分不及一、萬分不及一、乃至算、數、比喻所不能及。若復有人，能如菩薩發願，利樂有情，吾與鬼兄皆涕淚頂禮，相信十方諸佛也會晝夜讚嘆，加持護念！

如是我聞，《華嚴經十行品》中，功德林菩薩告諸佛子言：佛子。菩薩行不可思議。與法界虛空界等。何以故。菩薩摩訶薩。學三世諸佛。而修行故。佛子。何等是菩薩摩訶薩行。佛子。菩薩摩訶薩。有十種行。三世諸佛之所宣說——

第一歡喜行

如果願力如神駒，我願策馬前往一切國土貧乏之處。
願我大富豐饒吧，願我能滿一切饑羸困苦之眾生，任何的請求。
哪怕最後，最後要將我所有的血肉施盡，我也歡喜，我也甘心。
乞求者啊，當遠遠見你向我走來，出於感激，我已涕零：
在我眼裡，你絕不貧瘠，你乃是我的福田呵！
你也絕不可厭，你是我不求不請而自來的善友，是你教會我布施的善行！

從今以後，生生世世，世世生生，哪怕還有一個眾生，說：我未飽足。
我願意，我一定，立即前往，令其飽足——從身體乃至心靈。

是名菩薩摩訶薩，第一歡喜行。

第二饒益行

輪迴長夜，五欲亂濁，我願在最幽暗的國度，守持淨戒，
我願做你任何時候，一轉身就能看到的那一抹堅強輝光。
堅守，而不為威勢不為富饒，不求種族不求色相。
堅守只為，導一切眾生離於顛倒、離於纏縛。
我願在一切惑亂之中，心淨如月，素手如蓮，
指給你，通往究竟涅槃的路向。

因為我相信，在顛倒的亂象背後，
你始終寂靜、從來安隱、根本離垢、畢竟清靜。

是名菩薩摩訶薩，第二饒益行。

第三無違逆行

假如，有百千億眾生，出現在我的面前，
從那百千億張嘴中說出的，不是軟語輕言。
恰恰相反，是一切輕我、慢我、辱我、厭我、損我的，如箭雨刀風一般的言辭。

假如，百千億眾生，以百千億手，持百千億利刃，欲傷我、害我、置我於難忍之死地，

願我仍能憶持：此身空寂，無我、我所，若苦若樂，皆無所有，
願我在最痛楚時仍能以空性之覺知，修大忍辱。
不必讚嘆那是沉重的堅忍，重的不是我身上的罪苦，是我心中的悲憫。
不要怨恨眾生的剛強難化，我願意成為這堪忍世間上不滅的柔和，
我一定會軟化所有的貪嗔癡慢、慳嫉諂誑。

是名菩薩摩訶薩，第三無違逆行。

第四無屈撓行

死此生彼的眾生，猶如恆河沙，須臾推遷，重疊復來，不得安樂。
無量無邊的煩惱，要有無量無邊的法門，一一去對治吧，
那麼我願一一去修學，一一去拔除，每一種無明苦困。

每一個剎那的每一個心念，都在旋生旋滅，無法追尋吧，
我仍然願意，帶著光明與智慧進入每一個微塵剎，去一一悉知每一個你。
我已經決定，你有多深重的苦，我就要有多勇猛的精進。
哪怕從此要到地獄的深處，受無盡劫的寂寞苦行，
只要能夠在我仰望時看見，你能永脫諸苦，證得無上菩提，
我便無懼於一直，與地獄的烈火、寒冰，為友為鄰。

是名菩薩摩訶薩，第四無屈撓行。

第五離癡亂行

在這迷惑世間，種種境地，有如大風，讓人狂迷癡亂。
在那生死之間，種種變遷，有如激流，讓人進退失常。

願以我不曾惱亂一眾生的功德，
守護本心，正念不亂，境界不亂，三昧不亂，入甚深法不亂。
願以我累劫修持禪定的功德，
堅固不動，見佛不亂，見魔不亂，諸根不亂，行菩提行不亂。
我願做那輪迴大海邊，寂靜的崖岸，縱使煩惱亂流一次次拍打，
我不曾被染著、被毀傷。
我願令你，安住在我的岸上，不再退轉。

是名菩薩摩訶薩，第五離癡亂行。

第六善現行

當徹底瞭悟一切法無真實，幻生幻滅，才終於，住於真實際。

當完全看清一切相皆虛妄，無性無依，才終於，見著了實相。
可我不願於世間獨醒啊，我不能。
只要還有眾生，常處癡暗，我不獨享光明；
只要還有眾生，住於八難，我不獨離諸苦；
只要還有眾生，眾垢所著，我不獨處清靜；
只要還有眾生，輪迴生死，我不獨證阿耨多羅三藐三菩提。
如果有一艘名叫般若的船，我願奮力划動那名叫慈悲的槳，
我不成熟眾生，誰當成熟；我不調伏眾生，誰當調伏；我不覺悟眾生，誰當覺悟！

是名菩薩摩訶薩，第六善現行。

第七無著行

於念念中，莊嚴一切佛淨土，亦能於念念中捨棄一切佛淨土，
因為，我已心無所著。

見不淨世界，亦無厭惡，輪涅之間，穿梭往返，不顧戀、不沾染，
因為，我已心無所著。

於佛、於法、於眾生，我已知曉，不過如夢、如響、如幻化。
但我仍願做夢中佛事，宣法語音聲，方便度化如幻眾生。
不著方所，所以勇入一切國土，因為你在那裡。
不著時際，所以歷盡一切劫波，因為你在等我。
當你也不著於你，我便，無需是我。

是名菩薩摩訶薩，第七無著行。

第八難得行

如同勇敢的船師，不住此岸，不住彼岸，不住中流，運度眾生，往返無休；
我願不住生死，不住涅槃，亦不住生死中流，度脫眾生，安隱無畏；
因為，我已瞭知，一切法皆不可得，然而非無一切法。
我已捨盡煩惱，唯不捨大願，我欲向那最迷惑顛倒處，
度最愚癡無智、不知恩報的眾生。
若有世間，其中眾生聰明慧解，善知識眾，
那裡不是我的菩薩行處，
因為我對眾生無所冀望，不求一縷一毫，甚至不需要一字的讚美，
我要把我的全部都賦予眾生，不著不留，不取不求。
是名菩薩摩訶薩，第八難得行。

得總持、能持、能遮之種種陀羅尼，我願做眾生的清涼法池。

任何時候，任何剎土，任何生類，若來問訊，

我都願能，以廣長舌，現無量音，斷一切疑。

如此無怖無怯，無斷無盡，為一切眾生對機說法，只為令汝歡喜。

但我卻未見有一眾生得救度呵，

因為我不以任一眾生為實有。

無始以來，你我不過於此大幻化網，做大幻化遊戲。

如今，總攝了空慧與方便，我現此種種幻身，

我願替眾生，為醫為藥，做橋做燈，

我願示現如來大自在，大悲堅固，普攝眾生。

是名菩薩摩訶薩，第九善法行。

第十真實行

觀諸菩薩如幻，一切法如化，佛出世如影，一切世間如夢，
這就是最終極的，真實相，安住於此，安住大悲。
我已得如來十力，我已為人中雄猛，今做大獅子吼。
但，若我不令一切眾生，住無上解脫道，而先成阿耨多羅三藐三菩提，
則違我本願。
我願，先令一切眾生得無上菩提，無餘涅槃，然後成佛。
非眾生請我發心，我自為眾生，做不請之友，要令一切眾生在我之前滿足善根，成一切智！
我已證入因陀羅網法界，

為令眾生，絕生死回流，入智慧大海，探實相源底，
我不號如來，但荷如來家業，我不名佛陀，但行佛陀事業，
如此世世生生，念念相續，無有窮盡。

是名菩薩摩訶薩，第十真實行。

第四章 弦歌

弦歌．前言

相和

在那些古早歲月，在人類的心靈童年，

四季之韻，河川之聲，蟲嘶鳥啼，雞鳴犬吠，便是最好的音樂。

遠古的初民，會用他們的一顆素心去側耳傾聽，

當他們單純而直接地放開口嚨，回應那自然之聲，便有了歌。

一切原本就在那裡，圓滿俱足，誰也不必締造什麼，誰也無法締造什麼。

若不是初心已忘、慧心已罔，我又何必字斟句酌、尋思計量，何必文字、何必辭章。

若不是早已無法當下直見本心，我又何必以筆作杖，策杖探源，步步維艱。

而我，

本當與大化同在，歌之詠之；

本當共天地玄黃，且唱且吟。

這本書的最後一章——〈弦歌〉，是我的那些，因為被人譜上了曲，而成為了歌的詩句；還有一些是專門為朋友的音樂而填寫的詞。但是，我真正想說的是，在音樂的面前，文字變得如此的「多餘」，我不得不時時提醒自己：文字只是指月的手指，但不是皓月本身，文字只是心性的流露，但不是心本身。

如此愛你

飛鳥愛上飛鳥
不是自由
天空愛上飛鳥
才是擁有
允許你來
允許你走
我的愛就這麼無怨這麼無憂

落花愛上落花
無法守候
大地愛上落花
才能永久
陪著你喜
陪著你愁
我的愛就這麼深沉這麼濃厚

我願如此　如此愛你
給你天空
給你大地
然後靜靜　靜靜化作風景
去裝點那
最美麗的你

讓我如此　如此愛你
做你的天空
你的大地
然後默默　默默給你勇氣
讓你去做
做你自己

千帆

長風放逐船帆
輕舟放逐崖岸
不管你在為誰流浪
我只為你而堅強
日月久長
我始終做你的彼岸
長路放逐腳掌
雙足放逐故鄉
無論你在為誰迷亂
我只為你而惆悵
天地寬廣
我始終在你的遠方
千帆過盡

不是你的歸航
繁花落盡
只是我的離傷
即使等到命將不命
我也願成為石化的風景
從千古到萬古
裝點在
你無心經過的路旁

圓

我是黑夜裡雪白的繭
一寸寸周旋
一絲絲纏綿
都是通往幸福的線索
是與你割不斷的牽連

我是寒風中火熱的蝶
一次次飛舞
一步步向前
不管永遠到底有多遠
不管夢境是否會實現

為了愛你
我不怕穿越
東方以東
西方以西
八極之極

因為愛你
我不怕獨守
未來從前
日月流年
千古萬劫

愛你
是我最初的誓言
而你
是我最後的終點
縱身一躍
只為在你的天空劃一個圓

寫罷離歌不肯唱

逐　流光
相似相續　如幻
即空即有　無常
徜　徉

懶　梳妝
鏡裡鏡外　雪霜
窗前窗後　花黃
張　望

走過的千山
蜿蜒塵夢　一場
揚過的千帆

浮沉　飄蕩
許過的千願
輾轉年華　闌珊
我不說悔
你不說傷

問蒼茫
緣生緣滅　何方
情深情淺　相忘
原　諒

倚欄杆
雲舒雲卷　淡淡

潮起潮落　兩岸
消　散

唱過的離歌
婉轉濕透江南
等過的離人
漸行　漸遠
說過的離別
化作淋漓衣衫
我不說悔
你不說傷
兩兩相忘

相忘

江湖浩淼
我們在浩浩淼淼中相忘
忘那相濡以沫的倔強
忘那生關死劫的闖蕩
忘記自己，才敢記得你
從此我這無腳的魚
在大漠最深處蹲踞
不回頭　不仰望　等記憶蒸乾

歲月綿長
我們在綿綿密密中守望
守住你微風中的憂傷
守住我月光下的孤單

遇見了你，才認出自己
從此你這無翼的鳥
在海天最蒼茫處流浪
一時近　一時遠　等幸福靠岸

我們不哭
為愛而堅強
在各自的天涯
我們相依為命

願

想要縱身飛翔
不太高
在看得見人間的地方
在失落了淨土的地方
那樣就能夠看見
還有多少渴望翅膀的肩膀

想要千里跋涉
不太遠
在還有眾生的地方
在劫數未盡的地方
那樣就能夠聽見
還有多少渴望救贖的呼喊

想要安坐默然
不太久
直到空盡輪迴裡的時光
直到滅盡人我苦空的妄相
那樣就能夠溶化
幽冥世界全部的寒熱暗淡

你已經給我，你心中的寶藏
我但願如你，尊者地藏
但願如你，不住輪迴
但願如你，不住涅槃

風雨弦歌

當手指攀上琴弦
當風霜攀上了生命線
悲苦的心就開始
唱那歡樂的弦歌
用掌心的劇痛
可以聽見
用眼角的笑紋
可以聽見
漸冷長河聽見
盛放煙花聽見
整個海洋的月光
都將聽見
歌者的心

在最幽暗和最光明處
般若不變

觀·音

誰出濁惡世
誰入輪迴海
誰在低眉
誰尋聲而去
誰大慈大悲
誰不離不棄
觀世音　觀　世音
最漆黑的夜裡
我赫然聽見你的聲音
你喃喃說著：
死生契闊
同舟共濟
正法眼藏
涅槃妙心
我喃喃回應：
死生契闊
同舟共濟
正法眼藏
涅槃妙心

國家圖書館預行編目資料

喃喃／扎西拉姆．多多著 --初版.--臺北市：
寶瓶文化, 2012.12
面； 公分.--(Island；189)

ISBN 978-986-5896-12-6（平裝）

855 101025148

island 189

喃喃

作者／扎西拉姆．多多

發行人／張寶琴
社長兼總編輯／朱亞君
副總編輯／張純玲
資深編輯／丁慧瑋 編輯／林婕伃
美術主編／林慧雯
校對／禹鐘月．陳佩伶．呂佳真
營銷部主任／林歆婕 業務專員／林裕翔 企劃專員／李祉萱
財務主任／歐素琪
出版者／寶瓶文化事業股份有限公司
地址／台北市110信義區基隆路一段180號8樓
電話／(02)27494988 傳真／(02)27495072
郵政劃撥／19446403 寶瓶文化事業股份有限公司
印刷廠／世和印製企業有限公司
總經銷／大和書報圖書股份有限公司 電話／(02)89902588
地址／新北市五股工業區五工五路2號 傳真／(02)22997900
E-mail／aquarius@udngroup.com

法律顧問／理律法律事務所陳長文律師、蔣大中律師
如有破損或裝訂錯誤，請寄回本公司更換
著作完成日期／二〇一二年七月
初版一刷日期／二〇一二年十二月二十七日
初版四刷日期／二〇二〇年九月二十四日

ISBN／978-986-5896-12-6
定價／三〇〇元
※本書中文繁體版由四川一覽文化傳播廣告有限公司代理，經扎西拉姆．多多授權出版

AQUARIUS 寶瓶 文化事業

愛書人卡

感謝您熱心的為我們填寫，
對您的意見，我們會認真的加以參考，
希望寶瓶文化推出的每一本書，都能得到您的肯定與永遠的支持。

系列：Island189　**書名：喃喃**

1. 姓名：__________　性別：☐男　☐女
2. 生日：____年____月____日
3. 教育程度：☐大學以上　☐大學　☐專科　☐高中、高職　☐高中職以下
4. 職業：__________
5. 聯絡地址：____________________

   聯絡電話：__________　手機：__________
6. E-mail信箱：____________________

   ☐同意　☐不同意　免費獲得寶瓶文化叢書訊息
7. 購買日期：____ 年 ____ 月 ____日
8. 您得知本書的管道：☐報紙／雜誌　☐電視／電台　☐親友介紹　☐逛書店　☐網路　☐傳單／海報　☐廣告　☐其他
9. 您在哪裡買到本書：☐書店，店名________　☐劃撥　☐現場活動　☐贈書　☐網路購書，網站名稱：________　☐其他________
10. 對本書的建議：（請填代號　1. 滿意　2. 尚可　3. 再改進，請提供意見）

    內容：__________

    封面：__________

    編排：__________

    其他：__________

    綜合意見：____________________
11. 希望我們未來出版哪一類的書籍：____________________

讓文字與書寫的聲音大鳴大放

寶瓶文化事業股份有限公司

（請沿此虛線剪下）

廣　告　回　函
北區郵政管理局登記
證北台字15345號
免貼郵票

寶瓶文化事業股份有限公司　　收

110台北市信義區基隆路一段180號8樓

8F,180 KEELUNG RD.,SEC.1,

TAIPEI.(110)TAIWAN R.O.C.

（請沿虛線對折後寄回，謝謝）